CHARACTER
Loopsita akuyakukamase honootukai ga majimeni ikitara onnayushaparty zenin ga chijyo ni natteshimai sekaiwapinch!?
ハビリ
かつて好き勝手していたドスケベかませ炎使いだったが死ぬ寸前に過去に戻り、今のループで真人間を目指す。
マギナ
ソードと同じく元勇者の仲間でハビリの雌ブタに戻ろうとしている。優秀な頭脳と判断力をエロ奉仕に注ぐ。
ソード
長身の女剣士。一度は勇者の仲間になるがハビリのエロ調教にどハマりし、今のループで肉便器への復帰を狙う。
ネメス
強大な潜在能力を持っている勇者。前回のループでは力を覚醒させた。
トワレ
ハビリたちの住む帝国の王女。強い意志、大胆な行動力を兼ね備える。

Loopsita akuyakukamase honootukai ga majimeni ikitara onnayushaparty zenin ga chijyo ni natteshimai sekaiwapinch!?

ループした悪役かませ炎使いが真面目に生きたら女勇者パーティー全員が痴女になってしまい世界はピンチ!?

著: アニッキーブラッザー
イラスト: 三色網戸。

VN
Variant Novels
TAKESHOBO

CONTENTS

Loopsita akuyakukamase honootukai ga majimeni ikitara onnayushaparty zenin ga chijyo ni natteshimai sekaiwapinch!?

第1章　今度こそ真面目に生きてぇ！

――神様、お願いだ。俺みたいな最低のクズは死んで構わない。だから、せめてこいつらだけは助けてやってくれ――

死の間際になって、俺は自分がどうしようもないクズであり、生きる価値もない死んで当然の奴だと理解した。

『いいかよく聞け！　俺はこの帝国における筆頭貴族であり、代々優秀な騎士を輩出している最強炎使いの一族、スポイルド家の次男！　ハビリだ！　見よ、この真っ赤に燃える炎がその証《あかし》！』

あらゆるものに恵まれた環境で生まれ育ったはずなのに、俺自身の性根はあまりにも腐っていた。

『軍総司令の親父と、騎士団英雄の兄貴のことはお前らも知ってるだろ？　俺と仲良くなりたければ、せいぜいご機嫌取るんだな！　おっ、何か文句でもあるのか？　俺の親父の力を使えば、お前らを退学させるぐらい楽勝なんだぜ？　それとも燃やされてぇか？』

親父や兄貴の威光を使って、魔法学園に入学してからもやりたい放題だった。

『俺に気に入られたきゃ、男は舎弟、女は股でも開いて上玉なら可愛がってやる！」

エラそうな態度で他の生徒たちを見下して、誰も逆らえないようにするのは当たり前。そして何よりも女関係は特に……

『ゴミのチンピラ共が。俺を誘拐しようとは死刑でも生温《なまぬる》いぜ？　そしてよくやったぜ、『ソード』。流石《さすが》は俺の奴隷剣士』

『はっ。坊ちゃまにお怪我がなく何よりです。はうん！　んくっ、ぼ、坊ちゃま……』

かつては大陸最強の戦闘部族だったが、部族同士の争いで滅亡した最後の生き残りを奴隷商人から買い取って、日常生活で俺の護衛と肉体的な奉仕もさせている奴隷女のソード。

魔法学園でも従者として連れ従わせ、高身長でムチムチの胸や尻や腿《もも》に対して、わざと丈の短い制服を着させていた。

ポニーテールにまとめたロングヘアが映《は》える美貌の持ち主に、少し動けば胸が、臍《へそ》が、尻が出る改造制服を着せて、学園の男たちがこいつの姿に欲情している姿を見るだけで悦に入っていたのだ。

『まったく、こんなに美人で胸も尻も魅力的で、何よりも強い女、それが俺様に尻を撫でられるだけで震えやがる』

学園だろうと、そして街中だろうと俺はいくらでも手を出す。

ソードのスカートの中に手を突っ込み、ムチムチで柔らかく張りのある尻を撫でまわす。

それだけで屈強なソードはガクガクと震え、さらには穿《は》いているパンツを少しずらせば、尻の穴もマ×コの穴も指入れ放題。

『んほぉ、んぐっ、あ、ぐう、ぼ、坊ちゃま……あん、人に、み、見られております……そ、ソコに、ゆ、指を入れるのは……お、おやめ、くださ……』

毎日死ぬほど抱いたこの体だが、いまだに締まりも抜群で、俺が指を入れたら二つの穴は両方ともキュッと締め付け、そして温かい愛液がトロトロと流れ出る。

『ソコってどこだ？』

『ぐっ、そ、それは……』

『言わなきゃわかんねーだろ？』

そして最強で誇り高いこの女を抱くだけでなく、恥じらわせることも快感であり、俺はそれにもハマっていた。

『う、うう……ま×、こ……しょ、小生のマ×コとケツマ×コにですぅ！　う、うう……』

『くはははは！　おりこうさん、中指を根元までケツ穴に入れてあげるぜ』

『んぼぉ、おぉ、おごぉ、んおぉおお！』

『さて、俺の中指をケツの穴に入れたまま歩け……どうしてもやめてほしければ、宿屋に直行してもいいぜ？　ゴミ共にイラついたから死ぬほどベッドで発散させてもらう』
『はい……う、うう……や、宿屋で……』

＊＊＊

宿屋の部屋に入るなり、ソードは屈辱を噛みしめながらもベッドに向かって歩き出し、身に着けている服に手をかける。

学校でも、そして街でも、ソードと一緒に居れば、色んな男がソードに振り返ったり、見惚《みと》れたり、エロい目で眺めたりしてくるのが分かる。そのたびに俺は優越感に浸る。

この身体を、この女を、いつでもどこでも好きなだけ自由にできるのはこの世で俺だけなんだ。俺だけのソードだと実感するからだ。

もうすでに何度この身体を味わったかも数えていない。しかし、それでもまったく飽きることがない。飽きる気がしない。それだけの魅力的なボディをまた堪能《たんのう》させてもらう。

まずは、上着を両胸の上に載せるようにたくし上げる。ボロンと出てきた巨乳は乳首がキレイにツンと勃起している。

胸を晒《さら》したまま、ソードはスカートの中に手を入れ、白の紐パンを解いて脱ぎだした。

俺が指でマ×コや尻穴をそこそこ弄ったから、脱いだパンツはシミだらけだ。

「さあ、坊ちゃま。お好きなように。最初はお舐めしましょうか？　それとも私を舐められますか？　それとも……すぐに、チ、チ×ポ挿入でオマ×コされますか？」

ソードは生乳と、自らスカートの裾をたくし上げて濡れたマ×コを見せつけながら、俺の要望を聞いてくる。

このマ×コに俺もさっさと挿入して中出ししたい気もするが、それ以上にまだソードを弄りまわして顔を歪めて喘がせたいという気持ちの方が大きかった。

「いや、まだだ。ソード、ベッドは使わない。その場でそのまま立て」

「え？」

俺の言葉にソードは「何をする気だ？」と警戒している。

「なあ、ソード。お前は柔軟さと足腰に自信はあるか？」

「え？　何故そのようなことを聞かれるかは分かりませんが、体の柔軟性や足腰の強さは戦闘において重要な要素ですので、それなりには」

「そうか。それともう一つ。お前、I字バランスはできるか？」

「あいじ？」

「片足だけで立って、もう片方の足を真上に持ち上げる姿勢のことだ。やってみろ」

俺の意図がまだ分からない様子のソード。だが、俺に言われた通り、片足を真上に持ち上げようとした瞬間、ソードはハッとして止まった。

「坊ちゃま。今でしょうか？」

「ああ。今だ」

ようやく気付いたようだな。

今のソードはパンツを脱いで、マン汁溢れて大洪水状態。そんな状態でI字バランスをするってことだ。

「なんだ？　恥ずかしいのか？　俺が何度お前の穴を見てきたと思ってんだよ。今更気にすることか？　それとも、俺の命令は聞けないか？」

「いえ、そのようなことはありません。で、では」

初めてやるポーズを、濡れマ×コ丸出しでやることに一瞬の躊躇《ちゅうちょ》と恥ずかしさがあった様子のソード。だが、すぐに気を取り直して片足を上げ、そして見事な柔軟性から繰り出す完璧なI字バランスを見せた。

「おお、すっげぇ！　俺にはできねーよ、こんなバランス。スゲーなァ、ソード」

ただでさえ長身で見栄えのする女体が、高々と足を上げて静止しているのが美しい。そして、足をこれでもかと開脚しているから、マ×コも尻穴もよく見える。いつもの、まんぐり返しとは違う景色に新鮮な気持ちになり、俺は床に腰を下ろして、眼前でソードのI字バランス状態のマ×コと尻穴を観察した。

毎日死ぬほど使ってるのに今だに綺麗な色と形をしているピンク色のマ×コと、ヒクヒクしている尻穴。溢れる液と匂いが、これまた余計に俺を興奮させる。

「も、もう下ろしても、よろしいでしょうか、坊ちゃま」

「ダメだ。そのまま維持しろ。もし、俺が命じる前にI字バランスが崩れたら、今夜はヤバいと思えよ？　お仕置きだからよ」

「承知しました」

頬が赤く染まり、そして屈辱で唇を噛みしめているソード。恥ずかしいんだろう。

だが、流石はソード。恥ずかしくても、ちゃんと姿勢は真っすぐ芯が通っていて、足の指が力強く床を掴んでいる感じで微動だにしない。柔軟さだけじゃなく、確かに足腰、そしてバランス感覚などの身体能力が特出している。

そんな風に感心すると同時に、どうしてもイタズラしたくなる。

「ふぅ～」

「ひゃあん、ぐっ、ぼ、坊ちゃま！」

俺がソードのマ×コと尻穴に息を吹きかけたら、ソードが声を上げて僅かに揺らいだ。

「ぐっ、も、問題ありませぬ。この程度のそよ風で小生が揺らいだりなど、あ、ありえませせぬ」

それでもソードはより一層唇を噛みしめ、そして片足の指に力を込める。

太ももの筋肉にグッと力が入り、床がミシミシと音を立ててる。

なら、これはどうだ？

「ほれ、俺の指ただいま～ってか？」

「おほぉぉん♥」

右手の中指を尻穴に、左手の中指をマ×コにズッポシ。

尻穴は最初から弄《いじ》ってたし、マ×コも濡れまくってるから両方とも容易《たやす》く根元まで入る。

それぞれの穴が俺の指をキュウキュウに締め付けて、生温かい体温と液が指を包み込む。

その液を潤滑油代わりにして、俺は容赦なく出し入れする。

「さぁ、俺のファックに耐えられるかなぁ?」

「くはっ、ぐっ、うぅおお、ぐっ、坊ちゃまぁ、手マンだけでなく、ケツマ×コも同時など、ぐっ、あはん♥　普通にベッドの上でもダメだというのにィ、この姿勢でなどぉ♥　おほぉ♥」

「くははは、ダメだダメだ、倒れたらお仕置きだぞぉ?　ホレホレオラオラ!」

マ×コがビショビショを通り越して泡までできている。

それだけソードも感じているんだろう。力強く姿勢を維持しながらも、時折力が抜けてフラついて倒れそうになっている。

しかし、それでも倒れないようなので、もう少し責めをレベルアップだ。

「ぺろちゅぱちゅぱ」

「はぁァァん♥　んぐっ、ぼ、坊ちゃま、さ、流石に、それはぁは、な、舐めるのは、流石に、坊ちゃまのフィンガーテクだけでも、はうぅん♥　クンニなどぉ♥」

「ダメだ、I字バランスやめるのは許さねえ。ほれ、んちゅ、ぺちゅる、じゅぞぞぞ」

「はうァ、ぐぅっ、か、堪忍《かんにん》してください！　クンニされた状態でこの姿勢の維持は！」

クリトリスを、マ×コを、ペロペロ舐めてやった。ついでに尻の穴も舐めてやる。いつも俺のを舐めてもらってるし、コイツ自身にも尻穴はいつも入念に綺麗にさせてるしな。舌先を穴に突っ込んでっと。

「ほおぉん♥　ほぉ♥　お♥　ごぉ♥　んぉお、な、何をなさってるのです！　んほぉ♥」

膝がガクガク震え始めるソード。噛みしめていた口元が「んほぉ」と変形した。

この瞬間がいつもたまらない。

誇り高く、まだ自分の人生を諦めてない強い意志を秘めた瞳をしていたソードの顔がこうなる時が。

「へへ、ウメーウメー！　もっと舐めさせろよぉ、べろじゅぶべろ」

「ぐう、う、っほぉん♥　ぐっ、ひ、ひきょ、う、マ×コ舐めてケツマ×コ舐めて乳首摘まむなど、ひ、卑怯なぁ♥　どこまで小生を辱めれば気が済まれ、おぉおん♥」

張りのある巨乳を鷲掴みにして、乳首を摘まんで引っ張った。

しかし、それでもソードは生まれたての仔馬のように震えながらもI字バランスを崩さない。

なら、これならどうだ？

「オラオラオラオラオラ！」

「はう、あ、あああ、あああ、いぐ、いってしま、う、あはうあああああ♥♥♥」

高速手マン。ビチャビチャに愛液が飛び散り、そしてやがて耐え切れなくなったソードは腰をクネクネさせながら潮《しお》を撒《ま》き散らした。

「かはっ、はう、ぐっ、あ、ああ、うっぐ」

噴水のように盛大に撒き散らされた潮。床どころか部屋の壁にまで飛び散った。

しかしそこまで撒き散らしながらも、ソードはまだI字バランスを保っている。

ここまでくればもはや天晴《あっぱれ》。

ご褒美をやらないとな。

「流石は俺のソード。ここまでやっても姿勢を崩さねえ。じゃ、最後はやっぱり……」

「はあ、はあ、はあ、ん、ちょ、坊ちゃま！　こ、ここから挿入されると？　お、お待ちを、休憩を！　いま、イッたばかりで、チ×ポまで挿入されたら！」

最初から俺も勃起してたし、我慢の限界だ。

顔を青ざめさせ、しかしそれでもI字バランスをやめないソードに、俺はもう決壊寸前のフル勃起チ×コをソードのマ×コに一突き。

「はぁァんんあああああああ♥♥♥」

「おほぉ、めっちゃあったけぇ、いつもと締め付け度合いも違う、いいじゃねえか、ソード！」

I字バランスのまま帆掛け船のような体位で真横から突きまくる。

ソードもイッたばかりで、しかしそれでも耐えなければならないと足腰に力を入れているのと、いつもとは違う角度だから、膣内の締め付けと蠢《うごめ》きがハンパじゃない。すぐイキそうだ。

「ソード、顔をこっちに向けろ」

「はぁん、う、ぐ、な、なにか……んむっ！」

突きながら、ソードにキス。

噛みしめていた唇を開けさせて、舌を捻《ね》じ込んでのベロチューだ。

「んむううう！　ん、んんん！」

ピストンしながらのキスにソードの全身が震えあがっている。悶えている。そして、マ×コがチ×コをギュウギュウに締め付けてくる。ソードは体をくねらせ、また崩れそうだ。

「ぷはっ、へへへ、流石のお前もそろそろ限界か？　オラオラオラオラ！」

「ッ、うう、ぐっ、小生は、こ、この程度では、あん♥　はう♥　んぼぉ♥♥♥　かふっ♥　はが、あがあぁ、あがあああぁ♥　本気チ×ポんがぁ♥」

ピストンを加速させる。子宮をぶっ壊すほど勢いつけてチ×コを叩きつける。ソードはよがり狂ったように汗と涙と鼻水と涎《よだれ》まで撒き散らす。

「ほらぁ、おらおら、もう限界だろ？　限界だよな！　ギブアップしてもいいんだぞぉ？　ただ、ギブアップしたら今日の夜はヒデーことになるけどなぁ」

「うぐあ、がぁ、まけ、ませぬ、負けませぬぅ、小生は、小生はぁ！」

それでも耐える。ソードのつま先が床を掴んで離さない。どうやら高速ピストンでは倒せないようだ。なら、これならどうだ？　高速ピストンをやめ、俺は腰を引いてゆっくりとチ×コをマ×コから亀頭まで引き抜く。

「ふぇ？　坊ちゃま？」

まだ射精してないのに、俺がチ×コを抜いたことが予想外だったのか、ソードはアヘ顔で呆ける。だが、油断大敵。俺は一度チ×コを引き抜き、少し距離を取ってから反動を利用して、子宮の最奥に力いっぱい強烈な一撃を叩きつけるように再挿入。

「ほぼおおあがあぁあ♥♥♥　こ、これは、しまった、ハンマーチ×ポプレス！　まだ坊ちゃまにはこの技があったかァ♥♥♥」

一撃にソードが激しく揺れる。そう、高速ピストンとは別の技。毎回、チ×コを引き抜いてから、腰を使って力いっぱい子宮を叩きつける。こうすることにより、一突きの威力が増す。

「へへへ、そーれい！」

「んがァ♥」

「もーいっちょぉ！」

「はう、あ、あ、やめ、おひょにおおお♥♥♥　く、な、なんという激重チ×ポピストン！　今日はいつも以上の破壊力！　だ、だがァ、小生は負けぬうう！」

これならひょっとしたらと思ったが、これすらもソードは耐えている。

「へへ、これも耐えるか……さすがは俺のソードだ。感心するぜ」

大したもんだ。そして、俺もあまりにも気持ちよくて、射精欲がこみ上げてくる。このままだと俺が先に果てて、ソードに負けちまうかもな。

だが、まだ俺のターンは終わりじゃねえ。まだチ×コを突っ込める場所がある。何のために事前に指でいじくってほぐしていたのか？

「すべてはこのためだぁ！」

「んぼぉぉおおごぉおお♥♥♥」

チ×コをマ×コから抜いて、尻穴にぶちこんでやった。

「おお～、生温《なまあった》けぇ～、ぐにぐにしてるぜぇ」

「ぼぉ、お、坊ちゃまぁ、ふ、不意打ちにもほどがぁ、い、いくらなんでも、け、けつま、ケツマ×コまではぁ！」

ソードの顔面が崩壊する。鳥の嘴《くちばし》のような口の形になっての「オホ顔」になった。

「へへ、不意打ちだ？　今日何度も弄ったんだ、ケツ穴確定に決まってんだろうが！」

「くはぁ、こ、この、状態で、ま、まずい、で、す！　まずいです！」

「ほれほれ、ケツマ×コケツマ×コケツマ×コ～からのぉ、マ×コぉ！」

「ふぁがあああ♥　かはっ♥　があ♥　がはぁ♥」

尻穴を乱暴に二十回ぐらい叩きつけて、そこから流れるようにチ×コをマ×コに挿入し直す。

これもまたソードには予想外の刺激だったようで、えずく。

「ひ、ひど、い、こんなのぉ、坊ちゃま、こ、これ以上はぁ、I字バランスできなくなりゅ、ぶっとんでしまいましゅぅ♥　チ×ポがひどしゅぎるぅ♥　チ×ポがあ♥　チ×ポぉお♥」

「そうだ、チ×コに負けちまえ！　俺のチ×コでお前の強靭な足腰もバランスも負けちまえ！」

「やらぁぁあ、まげだぐないぃい、チ×ポ最強だけど負けぬぅう♥　チ×ポ大砲ぅ負けぬぅ！」

もう限界に達しているようだ。だが、俺にも、もう余裕はねえ。俺も出そうだ。

「くっ、負けろって言ってるだろうがぁ！」

「負けぬぅ、チ×ポでケツマ×コヌポヌポすごいけど、負けられないぃ！　しゅごい、気持ちい♥　しゅごい、気持ちい♥　いや、違う、気持ち良くない、も、もうらめだからぁ！」

そして、ここで俺ももう限界だ。何をどう耐えても、もう出すしかなさそうだ。今日こそこいつを完全敗北させられると思ったんだけどな。仕方ねえ。もうぶち撒《ま》けるか。

「おぉ、出る、出すぞォ、ソード！　子宮で受け止めちまえッ！」

「はう、あ、ああ、あああああ♥♥♥」

俺も腰が抜けそうになるほどの会心の射精をソードの子宮の中に叩きつける。

チ×コがビクンビクン跳ねて、残り汁の最後の一滴まで搾《しぼ》り出している感じだ。

「はぁ～死ぬほど気持ちよかったぁ～。どうだ、ソード」

「ぐっ、う、はゥ、う、あ、ぐっ……かはっ♥」

ソードもいつもとは違うイキ方をしたからか、いつも以上に疲労したようで、肩で息をしてい

る。顔面もだらしなく、そしていやらしくアへ顔になっている。

しかし、それでもI字バランスを崩さない。お見事。

そんな、一人の女を徹底的に破壊する行為を、俺は日常の一つとして嬉々としながら毎日ヤッていた。

そしてもう一人……。

＊＊＊

『ご主人様、おかえりなさいませ……。ご飯にします？ お風呂にします？ それとも――』

『メスブタにする♪』

『……ッ……か……畏《かしこ》まりました……うぅ、ぶ……ぶひ、ぶひぶひ、ぶひん』

『カハハハハハ、みっともねーなぁ、マギナ！ 白銀の魔姫と呼ばれて膨大な魔力を持つお前も、国が亡《ほろ》べば首輪をつけられたただの奴隷メイドなんだからよぉ。今日も朝まで死ぬほど可愛がってやるよ』

『……うぅ……』

興味本位で参加した人身売買のオークションの目玉として売り出されていた、戦で滅んだ小国の姫。感情の起伏は少ないが、そのクールで冷たい目にそそられて大枚叩《はた》いて購入したマギナだ。

『おら、豚はご主人様になんておねだりするんだ？』

そのマギナを俺は徹底的に弄《もてあそ》んだ。

クールで凛とした姫を、改造メイド服で日々過ごさせ、俺が帰宅するとさらに屈辱的な四つん這いポーズで尻を向けさせ、パンツを丸出しの状態で左右に振らせる。

『う、ぐっ……ご、ごしゅ、ご主人様……こ、このメス豚にちん、ち、チ×ポ餌《えさ》をお恵み下さい、ぶひ！　お、オマ×コも、ケツ穴も、お、んぉおおおお!?』

『ああ、くれてやらぁ！　俺のチ×コで玄関でぶひぶひよがって狂いやがれ！』

『そ、んなぁ、い、いきなり、んおぉ、お、ぉお、ん、あ、やめ、んぐっ!?』

『そして今日も中出しフルコースだぁ！』

『う、う……』

＊　＊　＊

前戯など不要。それよりも、俺はいつも帰宅早々に即ハメしたくてたまらなかった。

マギナのパンツを脱がすのではなく、股の部分だけ僅《わず》かに指で横にずらし、そのままバックで挿入。

「んくっ、く、くう」

漏れそうになる声を手で抑えようとするマギナ。

だが、その手は邪魔だ。俺はクールなマギナをよがらせたいんだ。

俺は両手を伸ばし、マギナの両手首を掴んで引っ張る。

「はう、ぐ、あう」

まるで馬の手綱を引くようにマギナの身体を引き起こす。

そして、俺の両膝の間にマギナを挟んで、腰を思いっきり引いてから叩きつける。

反動をつけての連打だ。

「くっ、つっ、はァあん、ぐっ、うう、あぐひ、あ、ああん、あ、あ、ら、ぐっ、ふぐぅ」

叩きつけるたびに小さな尻がプルンと震え、膣内がグニグニと絡みついてくる。

だが、数回突いただけでマギナは腰を抜かして体が崩れ落ちそうになる。

「あ？　おいおい、ちゃんと踏ん張って立てよ。ソードは片足でも立ち続けるぞ？　ほらほらァ、お尻ぺんぺん！」

「はう、う、ぐっ、申し訳ありません、で、ですが、どうか、う、ご容赦頂けたら……」

ぺしぺしとマギナの白い尻を叩いて鼓舞するが、マギナは今にも崩れ落ちそうだ。

ここら辺がソードとマギナは違う。ソードはあらゆるハードな姿勢だろうと維持し続ける。

だが、マギナはそうはいかない。こうやって自分の身体を自分で支えるような姿勢は簡単に崩れてしまいそうになる。

マギナの身体を支えながら突くのは疲れる。が、いつもは無表情のマギナがセックスの時に弱々しく泣きそうになるのを見るともっと泣かせたくなる。辱めたくなる。

だから俺は、多少疲れようとも自分の性癖を重視し、バックで挿入した状態のまま、マギナの両足を抱きかかえて持ち上げた。

「ご、御主人様、ぐっ、な、何を！」

背面櫓《やぐら》立ちとか、人によっては背面駅馬車弁当とか言うらしいが、マギナに挿入したまま両足を持って、まるで子供のオシッコでも手伝っているような姿勢。

「あ……い、いや！　ご主人様、この姿勢はあまりにも……ど、どうか降ろしてくださいませ！あまりにご無体です、御主人様！」

「へへへ、鏡を見てみろよ、マギナ」

「あ……あっ！　なんと！」

玄関にある大きな鏡の前に立つ俺。そこに映し出されるのは、両足広げてマ×コ丸見えでチ×コを突っ込まれながら抱きかかえられているマギナの姿。

元姫であり、まだ心は完全に堕《お》ち切っていないマギナにはこの恥辱は耐え切れない。

「いやです、このような恥ずかしい姿……降ろしてくださいませ、ご主人様ぁ！」

俺に抱きかかえられながら激しく拒絶するように身体を捩《よじ》る。

「へへへ、オラオラオラオラ」

「ほぉん、ん、おぉ、おぐぅ」

「軽いなぁ～、マギナはぁ、ほれほれ俺に抱っこされながら大股広げてマン汁撒き散らせ！」

「おほぉ、ほぉ、おごぉ、んぎィ！」

そんなマギナを制するように、俺はピストンを開始。

一突きするだけで、マギナはまたよがる。

（こ、これは、なんとも恐ろしい破壊力！　私の身体の全体重が、ご主人様のチ×ポにィ、チ×ポが子宮を抱っこして、何と熱烈な子宮キスぅ！）

しかしどれだけ暴れられようとも俺は両手を離さない。それどころか、マギナの両足を腕で支えながら、手はオッパイをモミモミ。

「おら、何を目ぇ瞑《つむ》ってんだよ。命令だ、目を開けて自分の姿をよく見ろよ、マギナ！」

「ご、後生です、どうか、このような姿勢は……う、あ、ああああ！」

鏡に映る自分の痴態に涙するマギナ。

嗚呼《ああ》、いいなァ。その涙を俺は後ろからペロペロ舐め、そして唇を塞いでやる。

「んぐっ、う、んむぅ！」

ベロチューだ。ソード同様に柔らかくプルプルとした唇。舌。全部が極上。

「ぷはっ、俺の唾はウメーかぁ？」

「こほっ、う、んぐっ、あ、うァ、お願いします、こ、こんな姿は、他のことなら何でも」

これだけ突きまくって舐めまくってもまだ羞恥心《しゅうちしん》は失せてないようだな。

それでいい。それこそマギナだ。恥じらって嫌がってくれるからこそ興奮する。

俺はそこで、マギナの胸を揉んでいた手の位置を変える。クリトリスを指先で捕らえ、高速で擦る。

「おひょぉ♥　はあん♥　ちょ、御主人様、この姿勢でそんなところまで弄られるなど、い、一体！　乳首もクリもなど、狂ってしまいます！」

「へへへへ、マギナァ、お前は自分がオシッコみたいに潮吹いてるところ見たことあるか？」

「え？」

一瞬ポカンとしたマギナだが、すぐに理解したようで顔を青くした。

そうだ、鏡に映る自分がイっているところを見たら、マギナならどんな反応をする？

想像しただけでマギナは耐え切れなくなって、今まで以上に身体を捩る。そんなマギナを逃がさないように俺は突き続ける。

「お、おやめください、お、落ちてしまいます！　見たくありません、そのようなもの！」

「ああ、堕ちちまえ！　そして見ろ！　自分が玄関で小便みたいな潮吹いてお漏らしするところをなァ！」

「だ、だめです、い、イキません。私は、たとえ奴隷に落ちたとしても、この身がどれほど、ほぉん♥　穢《けが》されようとも、はァん♥　心だけは、っ、い、いやぁ、御主人様ァ、おやめください、御主人様ァ、ひぐっ、い、いやぁ、あ、イギだくありまぜん、いや、はァん♥」

「おお、滑りが良くなってきたァ、ヌルヌルじゃねえかよぉ！　俺も出そうだし、一緒にイこうじゃねぇか！　だいたい、さっきから人の言葉を使いやがって。お前は豚だろうが！　ブヒブヒ言えよぉ！」

「つ、だ、だめぶひィィィ、御主人様ァ、中出しは構いませんがァ、鏡の前ではお許しください、ぶひィ、自分の痴態を見るなど、そのようなのはダメブヒィ！」

こうやって抵抗してくれると興奮する。

俺自身も足腰が疲れてくるが、今はこうやって無理やり犯して中出しして、マギナを恥辱まみれにしてやりたいという気持ちが勝る。

「だ、め、わ、私、へ、変に、あん、いや、込み上げて、で、出る、出てしまいますぶひ！　おやめください、御主人様！　こんな玄関先で撒き散らしたら匂いが、染みがこびりついてしまいますぶひ！」

「いいんだよぉ、ここは俺の家だ！　存分に撒き散らしやがれぇ！　で、出るぅ！」

「ん、あ、あ、アアアアアアアアッ！」

そして、ついに俺も抑えきれなくなって、マギナの膣内に思う存分に射精し、マギナも甲高い絶頂声と共に、股から潮を辺り構わず撒き散らした。

「あ、ああ、アアアアアッ♥」

「おほぉ、すっげぇ！　お漏らしだなァ、マギナ！　ほれほれ、おしっこチーってなァ！　ちゃ

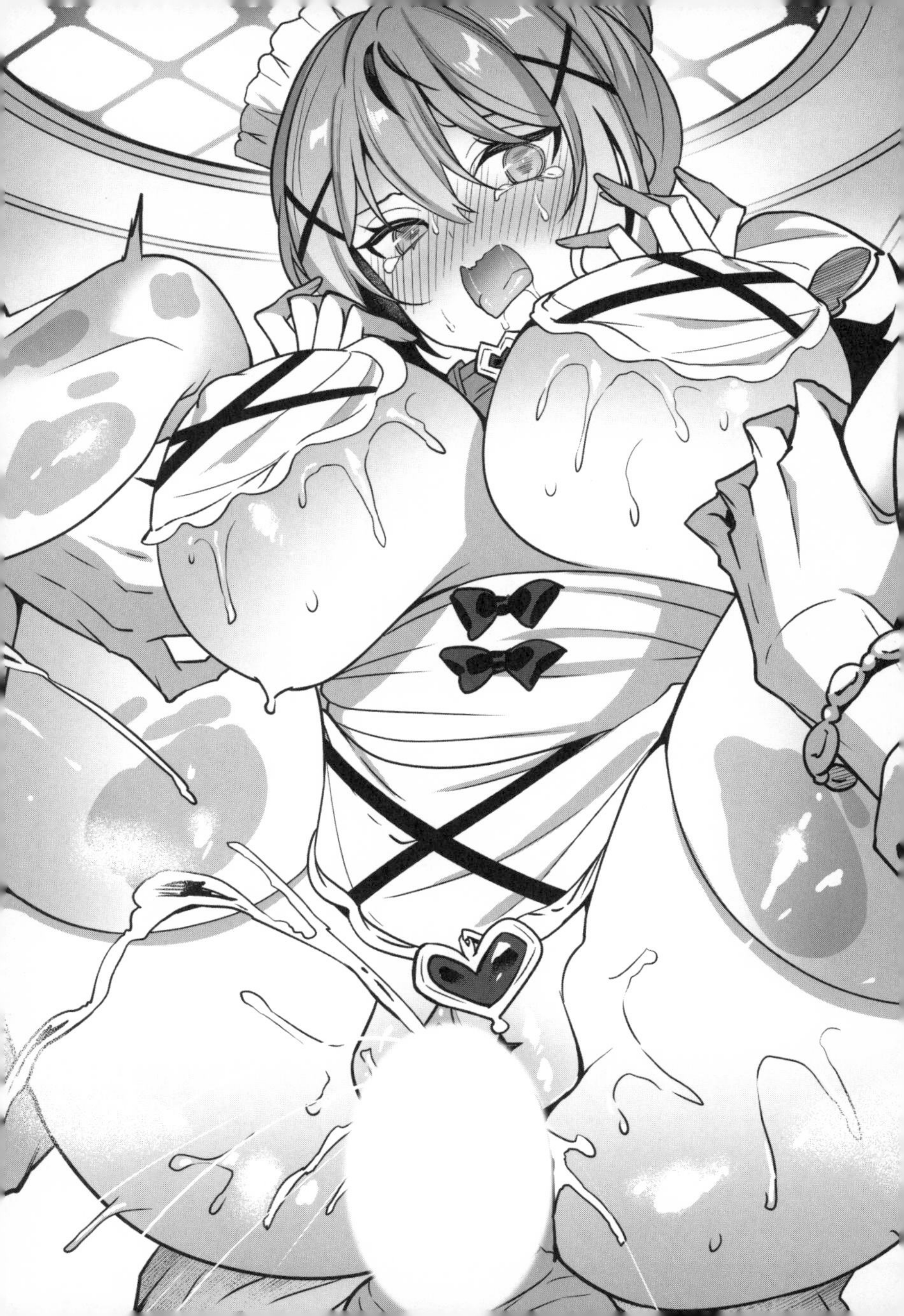

んと目を開けて鏡の自分を見ろよぉ！」

「くっ、う、あああああ、殺してください、も、もう、もう！　いや、ァ、なんという、なんということを……あ、ああ……」

玄関に生臭い匂いと愛液の匂いが充満する。こりゃ掃除も匂いを取るのも確かに大変かもしれない。

が、まるで精神崩壊したようにグッタリとしているマギナを見れただけで、俺は満足した。

「ふい～、よかったよかった。学校帰りの疲れた体には、マギナと即ハメ最高だったぜ」

出すものをスッキリ出して、マギナを床に降ろした。奴隷メイドは放心したように床の上で痙《けい》攣《れん》している。

こいつも嫌だ嫌だと叫んではいるが、初めのころと比べて体の方はかなり感度が良くなっている。俺のテクでマギナをここまでイカせることができたんだと思うと誇らしい。

「おら、マギナ。チ×コを綺麗にしてくれよ」

「あぅ、あ……ん……ご主人様……わ、分かりました」

俺が命令すると、息も絶え絶えになりながらも体を起こし、そのまま這いながら俺の足元へ。そして膝立ちになって口を開け、ドロドロヌルヌルに汚れた俺のチ×コに舌を這わせていく。

「あむ、ん、れろ、ん、れろ、ちゅぷる、じゅぞ、れろ」

「おぉ、いいぞぉ～」

お掃除フェラ。中出ししようと直腸射精しようと、終わった後は必ず舐めさせて綺麗にさせるのがお決まりのパターン。

「じゅぞ、じゅぞぞおぉちゅるるる」

さらに、亀頭を吸って中に余っているものを吸いだそうとしたり、さらに舐めとったものは吐き出さずにちゃんと飲み干してくれたりと、ちゃんと教育が行き届いている。

出したばかりで敏感になっている亀頭を刺激され続けたらまた催してくる。

だからこそ、「こう」なる。

「んむっ！」

俺のチ×コを咥えていたマギナが咽《むせ》る。

それは、小さくなっていたチ×コが、また硬く勃起してマギナの喉奥を突いたからだ。

「へへへ、また勃っちまったぜ」

「ッ、ご、ご主人様。その、夕食のご用意を……」

「うりゃ」

「おぉん♥」

腹は減ってる。別にメシ食った後でもいつでもマギナとセックスできる。だけど、メシよりも今、マギナともっとセックスしたいという気持ちが強かった俺は、マギナを無理やり抱っこして、そしてさっきまでの背面と逆に、今度は対面で突っ込んでやった。

（あぁ、なんてパワフルな……これが男の人の力……御主人様は、乱暴で、最低で、女を性処理道具のように扱いながらも……悔しい、この腕が逞しいと思ってしまいます……一度や二度で萎えることのないチ×ポの逞しさに、女として体が反応を……。どうすれば……抗えない……ダメだと分かっていても、力で押さえ込まれて無理やりイカされ続けると、もう……）

俺にされるがままのマギナ。悶えすぎて意識が遠のいていそうな表情をしている。

ならば、何度でも目覚めさせてやる。

「マギナ、んちゅっ」

「んむ、あ、ご主人様、んっ！」

キスだ。突きながらキスでもう一度意識を取り戻させる。

（嗚呼、またベロチューを……し、しかし、これは）

案の定、体をビクッと反応させたマギナが俺から離れようとする。

「ご主人様、ふ、不衛生です。わ、私の口は御主人様の精子で……」

こういうの、俺も最初は結構気にしたりもした。

フェラさせた後のキスって、俺のチ×コの味と言うか、カウパーやら精子やらを俺まで口にすんの？　って。だけど、もう気にしていない。

「関係ねーよ。俺がマギナとキスしたいんだ」

「あ、う」

「だから、もっとキスしようぜ。お前からももっと舌を絡めてくれ」

そうやって、俺はまたマギナに口づけをした。

（汚らわしい。自分のザーメンを舐めているようなものだと思わないのでしょうか？　嫌悪しないと？　吐き気がしないと？　それとも……それほどまでに、この御方は私とのキスが……そこまで私とキスしたいと……）

そして、俺がこうやって気にせずマギナにキスし続けると、マギナももう開き直ったのか、ヤケになったのか、気づけば両手を俺の頭に回していた。

（変態、最低、悍《おぞ》ましい。まったく……ここまでしても私とキスをしたいなど……そこまで求めるなど……）

チ×コとマ×コ、口と口、胸と胸、腹と腹。完全密着で強く抱き合いながら俺たちはキスをした。

マギナは両手だけじゃなく、両足まで俺の腰に巻き付けてくる。その力強いハグが、亡国の姫奴隷のマ×コの締まりをまたよくして、俺の射精欲を刺激してくる。

（嗚呼、キスすごい。この御方は女の気持ちなどお構いなしの最低な男。キスすごい。それでも私にそこまで夢中なのですね。キスすごい。チ×ポだけではなく、キスもすごい。キスすごい。キスキスキスキスキスキスキスキスゥ♥　私の感じるところを知り尽くしたキスすごい♥　分かります。この人、私を犯して気持ちよくなりたいだけではない。私をイカせて自分に夢中にさせようとしている。キスすごい。惚れさせようとしている、キスすごい。私の心すらも支配しようとする、キスすごい。だけれど、負けません。身体は反応しても、心だけは！　たとえ、テクもチ×ポもキスもすごくても、私は心までは篭絡されたりなどしません。キスすごいィ♥）

結局、マギナが厨房に食事を取りに行く前に、もう一回中出ししていた。

今度こそ、最後の一滴まで出し尽くした。そう思っていたが、なんやかんやで厨房でもまたヤッた。

＊　＊　＊

そんな感じで、かつての俺はソードとマギナを人として扱っていなかった。

愛玩道具……いや、愛すらなかっただろう。性処理道具として扱っていたのだ。

誇りも尊厳も踏みにじった。

『ソード……マギナ……二人は一生俺のモノだ……お前らを俺は一生手放さねえ。一生だ』

『御心のままに』

そして俺はそんな自分の心を痛めることもなかった。

俺は何をやっても許される存在だと思っていたんだ。

この世は俺のパラダイスだと思っていた。

ただ、そんな俺の人生は唐突に狂った。

『おい、そこのお前。平民か？　どうしてこの魔法学園の門を叩こうとしている？　あ？　勇者になるだぁ？　どう見ても魔力量もカスの田舎者みたいなお前がか？』

それは俺が魔法学園に入学した翌年のこと。

新入生の入学試験を見物に行ったときの出来事だ。

良さそうな女の品定め的なノリで、試験なんぞ受けてる下民を見物するか、程度の気分でいた。

そこで俺は……

『ここは平民のクズが入るような場所じゃないんだよ！　お前みたいな底辺がいると俺の格まで下がっちまうんだよ！』

一気に堕ちる。

『お願いします、通してください！　僕はどうしてもこの学園で強くなり、勇者になりたいんです！』

それは、背丈の小さいナヨッとした何でも無さそうな奴だった。

大した魔力も感じない、身なりも貧相な明らかな田舎者。

ただ、その童顔に周囲の女生徒たちが「かわいいよね、彼」とか微笑《ほほえ》んでるのが気に入らないので、そいつが試験を受ける前に難癖を付けて俺は道を阻《はば》んだ。

そして嘲笑した。

『ははは、俺に楯突くとはどれだけ田舎者だ？　俺はあのスポイルド家の子息だぞ？　ここはな、選ばれた超一流のみが存在を許される場！　お前みたいな世間知らずの田舎者には試験を受ける資格もないんだよ！』

『ッ、そんなの……そんなのおかしいと思います！　平民だとか貴族だとか、そんなの関係ありません！　何よりも僕は僕自身の誓いのため、夢のため、ここで屈するわけにはいかないんです！』

そして、奴は俺に屈しなかった。

『僕はあなたのような人は嫌いです！』

『あ？　テメエ、誰に向かって言ってやがる！　俺を誰だか知ってるのか？』

『ええ、分かります。あなたはろくでもない男です！　僕は権力に物を言わせて他者を虐《しいた》げる人を嫌悪します！』

誰も俺のやることに文句のない魔法学園にて、初めて俺に対して文句を言ってきた。

『なら、決闘だ！　選ばれた貴族の力を、お前に見せてやるよぉ！』

『望むところです』

『見せてやるぜ、俺の炎の力！　見よ、この膨大な熱量！　庶民じゃ決して生み出せねえ、選ばれた者の力！　ファイヤーバーストー――ッ!!』

『ぐっ、何という力!?　どうしてそれほどの力を正しいことに使わないのですか!?』

はじめは、確かに俺の敵じゃなかった。

だが、あいつは屈せず……

『それでも僕は負けない！　死んだ兄さんとの誓い……そして世界のために！』

『ぐっ、なんだ、この光は!?』

なんか立ち上がって、眠れる力的なのを覚醒させて……

『な、なに!?　俺の炎を受けとめ……砕いた!?　ばかなぁ!?』

『うおおおおお!!』

俺の人生の目の前に現れた、本当に神に選ばれたような奴は、俺をこれまで守っていた威光なんかを全てアッサリ蹴散らしやがった。

で、俺は負けた。ズタボロに負けた。

『すげえ、何て強さなんだ、奇跡だ！』

『何者だ、あの新入生！　あの輝く黄金の力は！』

『どんな権力にも悪にも屈しない……素敵……』

『へへ、なんかスカッとしたぜ』

『うん、私も。あの人のこと嫌いだったし……ざまーみろ？』

『やれやれ、メチャクチャじゃのう……しかし、これだけの力。あの子はもはや試験は不要じゃな。それどころか彼は……人類の希望になるやもしれぬ』

そして、その瞬間からこれまで俺にヘコヘコしてきた連中も教職員連中も歓声を上げた。

さらに……

『ほんと情けないよ……カッコ悪いよ……君は恥ずかしくないの？』

『あんたみたいのを、七光りのバカ息子って言うんでしょ？　おまけにあいつに惨敗してダッサーイ、やーい、ざーっこざっこざっこ！』

『主よ……愚かなる悪に処罰を与えることをお許しください……私はこの人を断罪します』

俺を蹴散らした奴だけじゃなかった。

その年に入学した生徒たちの何人かは、歴代でも稀《まれ》に見る才能の持ち主であり、やがて未来の勇者候補として人類と魔界の戦争に終止符を打つと期待される『奇跡の黄金世代』と呼ばれるようになり、そして……

『物だとか奴隷だとか、そんなこと間違っている！　彼女たちは人間だ！　それどころか、とびぬけた才覚を持った二人を飼い殺しにしようなんて、何を考えているんだ！　僕はそんなこと許しはしない！』

奴らは自分たちの思うが儘《まま》に正しいことをした。

『ソードさん、マギナさん、今日からあなたも僕たちの仲間として、共に魔王を打倒し、世界の平和を勝ち取りましょう！』

『つらかった日々や心の傷はすぐに癒《い》えないかもしれないけど、私たちが傍《そば》にいるよ！』

『新しい恋とか、もっと幸せを掴みなさいよ！　大丈夫、あのクズ野郎と違って、あいつの父親や兄貴はすごい話の分かる人だったし』

『主もあなた方の幸福を願っているでしょう』

それどころか、俺と違って真面目な親父と兄貴を懐柔して、俺の許可なくソードとマギナを奴隷の身分から解放し、あいつらもその才覚を認められて自由の身となるどころか、奇跡の黄金世代の一員となって、その名を世界に轟《とどろ》かせる英雄となっていった。

そして、気づけば俺は誰からも相手にされない一人ぼっちになって、ただ虚《むな》しい日々が続き、しかしそれだけじゃ終わらなかった。

親父と兄貴が戦争で死に、スポイルド家は一気に没落。

俺を世話しようなんて奇特な奴らは居やしねえし、むしろ誰もが「因果応報」と笑った。

そこから先はいつ野垂れ死んでもおかしくない日々。帝国にも居場所がなくなり、俺は辺境へと追いやられた。

地べたを這い、泥水を啜《すす》り、ゴミを漁《あさ》り、ただ何も持っていない本当のゴミとなり、俺は……

『お兄ちゃん、大丈夫？　お腹空いているの？　待ってて、ほら、お芋だよ？　ウチの畑のお野菜はすっごくおいしいんだから！』

ただ彷徨《さまよ》い、行き倒れ……

『おぬしのような若者がどうしてそんなにくたびれておるかは聞かんが……心も体もゆっくり休めなさい。何もない村だが、それでもおぬしを見捨てたりはせんよ』

そんな中で人のほんの小さな情けや温かみを学び……

『はは、あんちゃんもやりゃできんじゃねえか！　目も段々活きてきた。どうでい？　畑仕事で泥にまみれるのも悪い気しねーだろ？」

汗水流して労働する喜びを知って……

『みんな逃げろー！　魔王軍が攻めてきたぞー！』

そして、俺が徐々《じょじょ》に色々なことを学び始め、少しずつ心の安らぎを得られそうになったところで、地獄があっさりと訪れた。


燃え盛る炎が村落を包み、家が、家畜が、人々がなすすべもなく焼かれていく。

魔王軍による魔砲撃《まほうげき》が雨あられと降りそそぐ中、逃げまどう村人たちの悲鳴が、砲撃の轟音よりも鋭く俺の耳を貫いていた。

破壊と熱風の中、俺はぼうぜんと立ちつくすことしか出来なかった。

もうダメだ。

ここで俺は死ぬのか？

そう思った時だった。

『させぬっ、坊ちゃまッ！』

『ご主人様！』

ソードとマギナが俺の前に現れた。

『お前たち……何で……』

俺は分からなかった。

『小生も分かりません。今でも分かりません。ですが……気づけば小生はあなた様を追いかけておりました』

『間違った感情なのかもしれません……しかし、私は……ご主人様を失いたくありませんでした』

同情なのか、慈悲なのか、英雄となって全てを手に入れられるようになったはずの二人が、命がけで俺の危機に駆けつけた。

因果応報で全てを失った俺の最後の最後に駆けつけてくれたのは、俺がありとあらゆる辱《はずかし》めを味わわせた二人の女だった。

その姿があまりにも美しく、眩く輝いていて、俺はその瞬間、自分が本当にどうしようもないクズ野郎だと知った。

俺は今まで何をやっていたんだと。

こんな心優しい二人を俺は……っ。

『さぁ、坊ちゃま。帰りましょう。そしてまた、小生の全穴を犯してください♥　ようやく小生は坊ちゃまのチ×ポなしでは生きていけない、ドスケベライフこそが日常であると理解したのです』

『ご主人様にまた飼ってもらいたいんです、もうズブ濡れぶひ♪　口でもオマ×コでもケツ穴でも、すべてがご主人様のおチ×ポとセットですぶひ♥　搾乳薬で母乳も飲み放題な孕ませメス豚ライフへ戻りましょうぶひ♥』

涙が止まらない俺の耳元で、空気を和らげるためなのか、『冗談』を口にする二人に俺は心底申し訳ないと思いながら、うなだれることしかできなくて……

『坊ちゃまのケガがひどい……薬を……小生が口移しで飲ませましょう』

『いえ、私が……』

そしてそれでも、なお俺を助けようと……

『も、ういい……もういい……』

『『ッッ!?』』

『ごめんなぁ……謝っても……ゆる、してもら、えないのは……だけど、もう、お前らが……

――ッ!?』

俺はもう死を受け入れ、そして死ぬ前に謝罪するしかなかった。

だが、二人は俺の言葉を遮《さえぎ》り……

『んちゅ♥　ぶちゅう♥　んちゅっ……ぷはっ♥　死なせませぬぞ、坊ちゃま』

『交代です、ご主人様……次は私が薬を……んちゅ♥　ぶちゅ♥　ちゅぶる♥』

まるでディープキスのように俺の舌を舌で押さえつけて、回復薬を強制的に飲ませようとする。

こいつらは、もう俺と何かをするのも苦痛だろうに……。

『ばか、やろ……』

『おやおや、たかだかディープキスぐらいでその反応は坊ちゃまらしくない』

『ふふふ、そうですねぇ。今まで私たちに、毎日ワザとお風呂にも入っていない不衛生なおチ×ポもお尻の穴も、全身すみずみまで舐めさせておいて♥』

皮肉……冗談のつもりなのだろうが、微笑みながら告げるその言葉が俺を余計に締め付ける。

こんな心優しい女たちに、俺は何て仕打ちを……。しかし、現実はさらに非情だった。

『あ、あぶねえ、二人とも！』

『ッ!?　ぐっ、砲撃が……まずい！』

『させません！　ご主人様は……ご主人様にもう一度――』

圧倒的な魔王軍の力が世界を包み込み、同情も慈悲も後悔もあらゆる全てを飲み込んでいく。

その力を前に、流石のソードもマギナもどうすることもできず……

『くそぉ！　くそ！　俺は、俺は死んでもいい！　だから、だから、せめてこいつらを――！』


それが俺の覚えている最後の光景だった。

あとは強烈な光が周辺を包み込み、目が覚めたら……

「夢だったのか？　いや、でも……」

俺はベッドの上にいた。

「あの……坊ちゃま……」

「ッ!?」

目の前には、奴隷服姿のソード。俺は、奴隷商人から彼女を買い取った日の夜に戻っていた。


「ぐっ、痛っ……」

「あっ、大丈夫でしょうか？　その、いきなり坊ちゃまが転ばれて……あ、頭を……」

俺に何があった？　これは神のイタズラか？　分からない。

言われてみると転んだときに打ったのか、後頭部が痛む。

さっきまで魔王軍の攻撃の真《ま》っ只中《ただなか》にいたのに、なんだこれ、夢じゃないよな!?

「あの……坊ちゃま……？」

「ッ!?」

ただ、そんな戸惑っている俺の前で、ソードが小首を傾げている。

ボロい布切れに身を包んで、その首には奴隷の証であり反逆防止アイテムでもある首輪。

だが奴隷の身でありながらも、その神々しいオーラは隠せない。

全身が引き締まり、一方で女の魅力を存分に溢れさせた豊満な胸や尻。そして服を捲《まく》れば、割れた腹筋が魅力的に息づいていることを俺は知っている。

誰もが振り向くその美貌と長く美しい黒髪。

俺がかつて性欲の赴くままに蹂躙《じゅうりん》した身体。

「あの……坊ちゃま……」

「あ、あの、その……」

そう、全ては『今日この日』から始まった。

俺はソードが逆らえないのをいいことに、英雄となれる女を……。俺のようなクズなんかが本来手にしていい女じゃないのに……くそ、どうせなら、こいつを買う前に戻って欲しかった。

そもそも俺なんかと出会わなければ、こいつももっと幸せになれたのに。

「なんでもねえ……」

「そ、そうですか……」

そういや、初めて出会った時は、こいつを寝室に連れ込むなり抱き着いて、そのまま朝まで犯したんだっけか……。

＊＊＊

「小生にこのような屈辱……くっ、殺せ！」

まだ何一つ穢れていないソード。

射殺すように俺を睨《にら》みつけるその女は、長い黒髪を結び、引き締まった身体と割れた腹筋に高身長、そして何よりも魅力的なたわわに実った胸が揺れている。

胸をサラシで巻いて、下はふんどしっていう、結構珍しい出で立ちだが、いずれにせよ下着姿同然。

「くははは、いいねぇ～、実に誇り高き女戦士らしいセリフだ。そそられる」

「やめろ、小生に近づくな！　小生の身体に指一本でも触れてみ――んむっ！」

クズな笑みを浮かべる俺に対して、殺意剥き出しの言葉をぶつけてくるが、俺は構わずソードの唇を奪っていた。

両手でソードの両頬を押さえ込んで、愛なんてない、舌で口内を舐《ねぶ》りまわす卑猥《ひわい》なキス。

唾液のねちっこい音だけが響き、俺のキスにソードは体をビクッとさせ、目を大きく見開いて硬直している。

「んむーっ！　ん、んぐ！　んんー！」

必死に体を捩って抵抗しようとするが、俺から逃れられない。たとえ、腕力ではソードが俺より上でも、ソードの首輪が光って抵抗を阻止している。反逆防止の縛《いまし》めが。

「ぷはっ、これがキスかぁあ～、やわらけえ～！」

「ぐっ、ぺっ、ぺっ、かっ、な、何故……きたない……うう、何故だ……何故身体が……」

「これが俺のファーストキス。お前はどうだ？」

「うあ、あ、あう、あ」

ソードとのキスに満足しながら顔を離すと、ソードは汚らしいものを吐き捨てるかのように床に何度も唾を吐き捨て、唇を腕で勢いよく拭いながらも呆然と状況を理解できていない様子。

「さーて……次はァ〜念願のおっぱいだァ！」

「ひっ、き、きさま、やめろぉ、へ、へんたい、や、触るなァ！　あ、わあああああ！」

顔を青くし、そして慌てて悲鳴のような声を上げるソード。だが、身体は動かず、その胸に巻かれたサラシは俺に乱暴に引き千切られる。

そしてソードの生乳を目の当たりにした瞬間、俺は下半身の滾《たぎ》りを抑えられない。

それぐらい、ソードの胸は張りのある形の整った巨乳で、ピンク色に染まった乳首もプックリと勃起している、魅力的すぎるものだった。

「こ、これがオッパイ……本物だ……こ、これが今日から、お、俺のモノ……俺のモノだァ！」

「ひい、うわ、あああああああ！」

俺は揉んだ。吸った。舐《な》めた。

形が変わるぐらいソードの胸を揉み回し、乳首を摘まんで引っ張って、そして乳首を口に含んで何度も舐め回した。

「ふわああああ、あああああ、あああああ！　やめろぉおお、く、や、めえろぉ！　しょ、小生の乳首を、す、吸うなァあ！」

俺は聞く耳持たない。いや、むしろ悲鳴すらも調味料のように、嫌がるソードの胸を食した。

「ぷはっ、うめっ！　これがオッパイかよぉ、激ウマだぜ！　あむっ、ちゅぷる、じゅっぞぞ、乳首、さいっこーだぜ！」

「うぐっ、なにを……」

「さて、オッパイだけじゃなく、ふんどしとやらも、そろそろ脱がしてやる」

「ひっ！　嫌だ、嫌だあああ、た、頼む、後生だ、そ、ソコだけは、ソコだけは見ないでくれ！嫌だ、嫌だぁあああああ！」

このふんどしってのも珍しくてそそるが、脱がしにくい。今度からは紐パンにしていつでも脱がしやすくするか。

とりあえず、多少手間を取らされるも、うまく解いて、そしてその下から……

「うおっほぉおお〜〜〜！　マ×コだ！　これ、マ×コだ！　うはっ！　マ×コだー！」

それは女の性器。俺は初めて女のマ×コを生で見た。興奮で鼻息荒くして至近距離でガン見する。

綺麗に毛も生え揃い、その茂みの奥に見える割れ目は見事に均整のとれた佇《たたず》まい。

「っ、もういいだろう！　もう満足だろう！　コロセ！　殺せえええ！」

「はっ、満足ぅ？　何言ってんだァ、こんなもんで満足するかよ。本番はこれからよぉ！」

もう、勃起が最高潮に。俺はシャツを投げ捨て、そしてズボンを一気にパンツごとずり降ろす。

「なっ……あ……な、なんだ、そ、ソレは……で、でか……い……」

それを前に、強気だったソードがか弱い少女のように怯えた表情で顔を青くしていた。

「へへへ、勃起チ×ポだよ。覚えておけ。これからお前が一生交わり続ける、勃起チ×ポさぁ！」

勃起もカウパーも止まらない。今すぐにソードにぶち込みたくてたまらないと息も荒くなる。

（あ、ありえん、な、なんだ、こ、この禍々《まがまが》しくグロテスクなもの……こ、これが男の逸物……小生よりも年下のまだ少年のような男が、こ、これほど凶暴なもの……ごくり……だ、ダメだ……こ、こんなの、死ぬ——勃起チ×ポ？　チ×ポ？　なんという下品極まりない響きのする醜悪な名だ……）

ソードは目を離さず、凝視し、恐怖で涙目になって震えている。

「さーて、今夜はたっぷり主従の儀式だ！　早速童貞卒業させてもらうぜぇ！　ソード、ベッドで仰向けになれ！　まんぐり返しだ！　両手で自分の足持ってマ×コを俺に向けろ！　すぐに！」

「まんぐ、や、やだあああ、ひ、ひどい、鬼畜、死ね、くそ、くそぉぉおお、なぜ小生がこのような、このような屈辱、い、いやだああ、助けて、誰か、嫌だぁああ！」

もう、戦士としての誇りも壊れ、首輪に強制されて俺の命令通りにベッドに背中を預け、両足を抱えてガバっとマ×コを開く。

「やめろぉ、後生だ！　他のことならなんでもする！　どうか、挿入だけは……う、うう、嫌だあぁー！　父上ー！　母上ー！　いやだっ、助けてー！　イヤ――――」

――ブチブチィ！　ズボリンヌ♥

膜を容赦なく破って、ソードにとうとう挿入した。

「は、はいったあ、はいったー！　うお、こ、これがマ×コ、や、やべ、きもち、うおぉ、あったけ、ヌルヌル、うほお、やべええ、きもちよすぎーー！」

「う、うばあああああああああああ！」

それは俺の人生の価値観が全て一変するほどの衝撃的な感触。刺激。快感。チ×コを通じてこの世の全ての快楽が詰まっているように感じる。

熱く滾るソードのマ×コ。膣口は痛いぐらいに俺のチ×コの根元を締め付け、一方でチ×コを覆う膣肉は熱烈にハグしてくる。

「やべ、もう出る……っ」

「はう、うう、ぐっ、ぐす、うう……え？」

挿入しただけで一度もピストンせずに、どぶどぶと射精してしまった。童貞の俺からすればそれほどまでにソードは名器だった。そしてソードはソレがどういう意味かを理解する。

当然、俺は射精にあたって、チ×コをマ×コから抜いたりなど一切しなかった。

「だ、や、そんあ、だめえ、中は、だ、ダメだぁ、やら、やらあああああああ！　抜け、抜いてくれぇぇ！　ややこがデキてしまう！」

「へへ、おらおら、なにを抜くんだァ？」

一度射精したのに、俺のチ×ポは硬いまま、ずっぷり膣内に居座っている。

ソードは命令で動けないのに、必死に可能な範囲で腰を捩って俺のチ×コを抜こうとする。

「チ×ポだぁァ、勃起チ×ポを抜いてくれぇぇえ、勃起チ×ポやだあああ！」

俺とソードの結合部から、膣内に収まりきらずに逆流して溢れる俺のチ×コ汁とソードの破瓜《はか》の血と愛液が混じり合ったものが飛び散る。

「最高だぜ、ソード。もう、お前に夢中になっちまった……ちゅっ」

「え？　んむっ！」

チ×コを叩きつけながら正常位でベロチューをした。ソードもビックリしたようにビクッとしている。

(な、なぜ！　キスがァ、唾がッ！　はうぅ、ち、チ×ポが跳ねたァあ！)

同時に、俺のチ×コもビックンとまた激しく脈動した。

「マジで好きになったぜ、お前のこと！　お前の身体も心も生涯も全て俺は欲しぃ！」

「ふざぅ、うはぅあ！　ば、ばかな、ばかな、ち、チ×ポがさらに！」

自分の心がさらに歪んでどす黒くなっていくのが分かる。

そして、それでもいいと思えるほど、俺はハマった。

「ばかな、はぐァァァ、まだ更に上の勃起チ×ポがあるというのかぁぁぁ！　これがチ×ポなのかァァァ！」

絶望も、耐えることも、全てを無にしてやるかのように俺は懸命に腰を振った。

キスしながらの正常位。

たしかこれ、『種付けプレス』っていうんだっけ？

「キスもマ×コも最高！　種付けプレス最高！」

「ひい、たねつけ？　いや、やめ、チ×ポ種付けプレスはやめろぉおお！」

半目になり、涎を垂らし、下品極まりなくなるソードの顔をキスと舌で舐め回しながら、また俺は果てる。

「オオオォォォ！　出るぅう、振り絞ってぇ、お前を完全にぃぃい！」

「おぉ、おんひぃ♥　んぐっ♥　らめぇ、しょ、小生の、マ×コもうらめらぁああ♥♥♥」

そして深夜に及ぶまで、俺は心底ソードの身体に蕩《とろ》けた。

「んひぃ♥　いってるぅぅ♥　もういってるぅ♥　イキすぎでるぅ♥　ま×こがち×ぽバカになるぅぅぅ♥」

もう、オナニーなんかじゃ一生満足できねぇ。それだけ、セックスというものはヤバかった。

「う、ぐひ、んかぁ、あひ、う……うぅ、ぬ、ぬけえ、すぐに、抜いてくれええ、たのむぅ、き、きちゃう、やだ、妊娠、やだ」

グッタリとするソード。

ソードは俺の童貞卒業精子を幾度となく膣内射精され、イキ散らかし、そしてバカ狂いした後は、もはや逃げる気力すら失って、ただ脱力して痙攣する肉の塊となった。

「最高だった……最高過ぎる……もう、お前は誰にも渡さねえぞ、ソード」

俺も疲れて、そのままぐったりとソードの谷間にダイブした。

そして急に体の疲労も溢れ出て、睡魔も襲ってきた。

「ソード……今日はもう寝る」

「うあ、あ……う……」

「んちゅぷ、ちゅぷ、れろれろ」

「んっ、こ、な、え？　な、なぜ乳首を……ま、まさか、まだ！」

俺はダイブしたソードの胸の谷間で首を動かし、ソードの片方の乳首を口に含んでチュパチュパした。

「その……お前の乳首美味しくて……このまま吸いながら寝ていいか？」

「……は？」

俺は今日このまま、ソードと一緒に寝る。そしてそれは、チ×コをマ×コに入れたまま、乳首をチュパチュパしながら寝るというものだ。

「なぜ……せ、せっくす、ではなく、ただ乳首をしゃぶったまま寝るなど……にゅ、乳児か？」

「うるせえ、命令だ。お前は俺を抱きしめて……そうだな……優しく撫でろよ」

たぶんこんなこと、恋愛感情を持っている相手には決してできない。

カッコ悪いから。

だけど、俺はソードになら全てを曝《さら》け出し、自分のしたいこと、してほしい欲求の全てを望めた。

赤ちゃんみたい？

なら、赤ちゃんみたいに甘えたい。

「ちゅーちゅー、ちゅぱちゅぱ」

「ん、はうぅ、んくっ……へ、変態、ど、どれだけ小生を……母乳すら出ないのに」

「へへ、いつか飲みてーな」

「ふざ、ぐっ……うう……」

顔を歪め、嫌がりながらも俺の命令通り互いに抱き合い、乳首を吸いながらウトウトする俺の頭をソードは撫でる。

（ぐぅ……なんという変態だ……寝る時間すらも小生を穢《よご》すなど……）

そして俺はそのまま寝てしまったようで――

（寝たか……舌の動きが止まった……おっと、油断するとチ×ポがヌルっと抜けてしまうな。ちゃんと角度を……って、小生は何をぉ！　こんな小僧のチ×ポなど一秒でも早く――）

「すう、すう……んく……」

（……ふん、無防備に……こんな隙だらけの小僧、今すぐ首をへし折って……それができぬ首輪が恨めしい……こうやって見ると、まだまだ子供なのだな……容姿も黙っていればめんこいのに……それがあんなチ×ポモンスターになって暴れ……だけど今では……）

「まま……」

（ッ！　こ、この小僧、い、今、小生をママと？　な、なんだ、それは、こやつ、小生を何と……ま、まったく、気持ち悪くて思わずドキッとして子宮がムズムズして……お、落ち着け……小生落ち着け……とりあえず今後のことを考えるのだ。これからも毎日犯されるだろうが、それに耐えて何とか逃げる方法を考えるのだ。幸い、チ×ポで犯される痛みはもうない。よがってしまうかもしれないが、意外と気持ちよくて……じゃない、うん、耐えられる。キスやペロペロも、こやつがブ男ならば地獄だったが、幸い生理的に拒否するような容姿ではないからな。だから、今は耐え忍ぼう……いつか必ず――）

「ん～、そーどぉ……むにゃむにゃ」

（くぅ～……この鬼畜め……今に見ていろ……め、命令だから仕方なく、今日はこのまま――）

＊＊＊

前回の世界では、そんな外道なマネをしてきた俺だが、せめて今からでもソードが幸せな人生を歩めるよう、今回こそは道を踏み外さずに生きよう。

そう思って改めて目の前の美しい奴隷の顔を見る。

ソードはまだ何か不思議そうに首を傾げ、俺を見返していた。

なんだか不安そうにも見えるが、俺が転んだのを心配してるのか。たしかに俺は一瞬、意識を失っていたみたいだし、背中も少し痛い気がする。どこか打ち所でも悪かったか？

少し気まずい時間が流れたが、俺に異常が無いのを見て取ると、ソードは軽く咳払いをして姿勢を正した。

「では、改めて。今宵《こよい》より、坊ちゃまの奴隷としてお世話になります。身の回りの世話から、護衛、更には性玩具として弄ぶも――――」

「ッ、や、やめろぉッ！」

「ッ!?　……え？」

そのとき、自分で布のスカートの裾を持ち上げて白いふんどしを晒し、奴隷としての口上を口にしようとしたソードを俺は止めていた。

俺にキョトンとした様子のソード。

そりゃそうだ。

だって、『そういう目的』で買ったはずの俺が止めてるんだから、不思議がるのも無理はねえ。

だけど俺は……

「す、すまねえ！　謝っても許してもらえねえのは分かっているが、本当にすまなかった！」

「……え？　へ？　え？」

俺は土下座をしていた。

〝前回〟の分も含めて。もちろん、こんなことで許されないことは分かっているし、今の何も知らないこいつにこんなことしたって、何の意味もないことは分かっている。

だけど……

「買っといてなんだが……その、俺も色々と思い直したんだ……お前は俺の奴隷なんかになる必要はねえって」

「……はっ!?」

「だから、奴隷商人ともう一度交渉する。返金はいらねえけど、何とかお前をもう一度引き取ってもら――」

「え?!　い、いえ、それはお待ちくだされ、坊ちゃま！」

俺の傍にいても不幸になるだけ。それならば俺以外の主人と出会えた方が――。そう思ったとき、激しく取り乱したソードが俺に縋《すが》ってきた。

「いや、え、あの、何か、ごご、御不満でありましょうか！　この胸、この尻、さらには全身の穴という穴で必ずや小生は坊ちゃまをご満足させましょう！　どうか、返品だけは考え直してください！」

……アレ？　こいつ、この時点では処女だよな？　それにこんなに積極的だったっけ？

「え、と、あと、その、仮に返品されたところで、次に買うのは変態金持ちの老人かもしれませんし、そ、それは嫌なのです。それよりかは、しょ、小生は坊ちゃまの方が万倍も……というか、あれぇ？　何でこんなことに？」

「ん？　何だ？　最後の方はブツブツ聞き取れなかったけど……と、とにかく、その、自分で言うのもなんだが、お、俺も変態クソ野郎だから、お、俺なんかに買われたらどんな変態なことさされるか分からねえぞ！　だから、お前は――」

「いえいえ、坊ちゃまならどんな変態でもドンと来いでありましてというか望むところと言いますか、いずれにせよ、どどどうか小生に不満が無いのであれば、このまま小生を買ってお飼いいただきたい！」

「い、いや、そんなこと言われても……」

「お願いします！　どうか！　どうか何とぞ！」

まさか、こんなことになるとは思わなかった。

ソードの幸せを考えて買うことをキャンセルしようとしたら、必死に土下座までして俺のモノになりたいと懇願してきた。

――まさか、拒否してもこういうパターンになるとは……

どうする？

ただ、確かに言われてみれば、俺が仮にソードを奴隷商人に返したところで、その後まともな奴がソードを買う保証なんて全然ない。むしろ低い。それこそこいつの言うように醜い変態クソジジイに弄ばれるかもしれない。

そうであれば、今度こそ俺さえしっかりしていれば……

「わ、分かった……」

「ほ、本当でありますか?!」

「あ、ああ……お前がそこまで望むのであれば……」

そう言うと、あの凛々《りり》しいソードが安堵と共に涙目になりながら俺に抱きついてきた。

くそ、何やってんだよ俺は。

こいつの幸せをとか言っておいて、結局俺の奴隷に逆戻りさせてんじゃねえかよ。

いや、でも前と同じにはさせねえ。

ようするにこいつを奴隷じゃなくさせれば……そうだよ……首輪も外して――

「では、早速、主従の儀式を――」

「え？　なにを――んぐっ!?」

「ちゅる、ぶちゅ、ちゅぶ、んちゅ♥　んちゅうぶるちゅぶ♥」

え？　俺、あれ？　なんで、命じてもいないのに、ソードが俺にキスしてんだ？

しかも、ただの唇を重ねるキスじゃない。

当たり前のように俺の口内に舌をねじ込んでのディープキス!?

いやいや、なんで？

確かに俺は前回、ソードと出会ったその日にセックスした。

キスすら経験のない処女のソードに無理やりディープキスして、拒否させず、嫌がるソードに無理やり自分も舌を使って舐め回せと命じた。

そのときはギコチナイながらも何とかソードはディープキスをやり遂《と》げていた。それなのに、今のはなんだ？

なんかもう慣れ親しんだかのような熟練の舌使い!?

「ぷはっ……♥」

「あ、わ、あ……」

「唇の儀式完了です。次は、コチラですね？」

「……ふぇ？」

俺が状況を理解できない中、ソードが俺から唇を離す。

透明な粘っこい唾液が俺たちの唇同士を繋ぐ橋を作りながら……

「はっ♥　はっ♥　はっ♥」

「ちょ、ま、おま!?　何やろうとしている?!」

「え？　な、何って、ナニを……」

と、気づけばいつの間にかソードが俺のズボンを降ろそうとカチャカチャ勝手に、しかも俺が身を捩って後ろに下がったら、何で不思議そうに小首傾げてんだ？

たしかに……たしかに主従の儀式とか称して前回は早々に処女をもらったけども……でも……

「おお、なんと雄々しく猛々しい♥（うおぉっほぉ♥　チ×ポぉおおお♥　カウパーまみれの坊ちゃまの極太悪魔チ×ポ様♥　お、思わず合掌したくなる、まさに神チ×ポ再び♥　チ×ポリターン！　お、落ち着け、がっつくな、小生……ま、まずは、まずは手始めにイラマチオからだ♥）」

って、普通に俺のパンツ下げてチ×コ出しやがった!?

しかも完全フル勃起のチ×コ。

——ひっ!?　や、やめろ、そ、そんなものを小生に、ま、まさか……ひっ、許し……な、え？　舐めろと？

——ああ、チ×コにも忠誠の口づけをしろ……

——な、なん、そ、そんな、そ、そこは、小便が出るところ、そ、そんなところを小生に舐めろというのか！　き、貴様、その歳で何たる鬼畜！

こんな反応をしていたソードが……

「あむ♥」

「ふぉぉ!?」

「んぼぉ♥　んぐっ♥　じゅぶる、れろれろ、じゅぶる♥」

きんもちいいい～～～～って、違う！

なんで、前回俺のチ×コを一目見て泣いて怯えてたソードが、今回は喉奥までいきなりチ×コ咥える!?

しかもズボズボ頭を前後に動かし、さらには亀頭をストローのように吸い頬をすぼめる醜いフェラまで!?

「ろうれす？　きもちいいれすか？　坊ちゃま？」

「ば、お、おま、まさか、経験――」

「むっ、ぷはっ……ありませぬぞ、小生は処女！　もっとも、それも今宵までの話、さぁ、坊ちゃま、小生の処女膜を……」

アレ？　ひょっとして、実はソードってこういう知識も技も元々持っていた？　いや、でも処女だって……分からん！　気持ちいい！　出る！　いや、ダメだ、そうじゃなくて……

「お、俺は、お前にそういうことをさせるつもりはない！」

「ずぞぞ～～♥　…………うぇっ！！？？？」

くそ、そんなに驚いて……知らなかった……ソードは俺が処女を奪ったときは、抵抗する術《すべ》を奪われて、恥辱と痛みに耐えていた……でも、あいつは前回もこの時点でこうなる覚悟をしていて、だからこそ俺の発言にこれほど驚いているんだ。

「どどど、どういうことでしょうか、坊ちゃま！　小生のフェラに何かご不満が？　でしたら、パイズリしましょうぞ！　それとも、全身隈なくナメナメや、そういうのは――」

「しない！　頼むから、もうそういう悲しいこと言うんじゃねえ！」

「うぇええ!?」

ってか、こいつ処女のくせに元々こういう知識あったのか……意外な真実というか……

「とにかくだ、今日はもう遅い。風呂にでも入って、身体をさっぱりさせてよ、まずはベッドでゆっくり休めよ」

「……洗体エッチでしょうか？　そのあと、ベッドでゆっくりもう一度？」

「違うっての！」

いかん、初めて出会ったときから俺はソードに対して怒涛《どとう》の勢いで性調教的なのをしてたから、こいつが元々こういう知識あったなんて、全然知らんかったな。

「そ、その、坊ちゃま、本当によろしいのでしょうか？　し、小生に遠慮の必要などは……もしや、お体の具合でも悪いのでしょうか？　あ、ひょっとして先ほど転んで頭を打たれた時に何か!?　っていうか、そんな勃起、一発どころか十発は出さなければ――」

だけど、こいつにはもうそういうことはさせない。

「ああ……頭か……確かにな。ガツーンと衝撃だった……打ち所が良くて、自分がどれだけのクソ野郎かをハッキリ自覚したよ」

「……へ？」

「だから安心しろよ、ソード。俺はお前の人間としての、女としての尊厳を辱めるようなことは絶対にしねえ」

「え、えええ?!」

「今もあやうく射精しそうなところだったが、何とか踏みとどまった……」

綺麗な身のまま英雄となって、そして俺なんかのようなクズを忘れて、勇者のあいつとか、もっと相応《ふさわ》しい男と幸せに――へっ、俺も何を胸をズキリとさせてんだかよ……俺がボーッとしている間に、既にソードの唇を穢しちまったっていうのによ……。

俺はそのまま床に座り込み、力なくうなだれた。ソードは俺に犯される危機が去ったことに安堵してか、呆然と立ちつくしている。

（ぜ、〝前回〟と違う……まさか本当に……さっき頭を打たれた拍子に打ち所が悪くて真人間にになられたと？　なんということだ、突然のことで訳が分からず、いきなり飛びついてきた相手を坊ちゃまと知らずに背負い投げしてしまったが……まさかそれで歴史が変わった!?　そんな、小生と坊ちゃまのドスケベ調教ライフは?!）

そのとき……

（な、なんということだ?!　あの魔砲撃の雨の中から、訳も分からぬうちに過去に戻ってしまったのだが、それでも再び坊ちゃまからのドスケベ調教を最初からお受けできると歓喜していたというのに……坊ちゃまが坊ちゃまではなくなった!?　そんな……乱暴者で荒くて……だけれど、本当は寂しがり屋でベッドの上で時折見せる甘えんぼなところが本当に愛らしくて……もう小生の身も心も坊ちゃまとのドスケベライフ無しでは耐えられないほどだというのに、その坊ちゃまが真人間に?!　どど、どうなってしまうのだ、この世界は!?）

俺はソードが頭を抱えて何を思っているのか、まったく分かっていなかった。

（っていうか、せっかく今宵は坊ちゃまとドスケベセックスしまくれると思ったのにぃ、こ、これだけの極太勃起状態の至高の坊ちゃまチ×ポを目の前に、お、お預け!?　小生のマ×コはもう十分すぎるほど準備万端だというのに……なんという鬼畜!?）

――貴方は最低の人です！　教えてあげます！　貴族も平民も関係ない、僕たちは同じ人間だと！　僕の抱いた正義に誓って！

眩《まぶ》しい光を放つ、熱い拳でぶん殴られた。

――君は哀れだよね……たまたま貴族に生まれたけど、その肩書を取った君に何があるの？　それを分からない君が、私は見てられないよ。

——ダッサ……あんたさ～、貴族とか先輩とかの肩書とか、親とか兄とか自分以外のことでしかいばれないのね。ほんっと、ザコ。

——小さく醜い殿方ですね……腹立たしい……

黄金世代のやつらには好き放題言われて、プライドも何もかもをへし折られ、叩きのめされ、それがいつまでも、死ぬまでも俺の中に刻み込まれた。

思い出しただけでのたうち回りたくなる、かつての自分。

——ここは平民のクズが入るような場所じゃないんだよ！　お前みたいな底辺がいると俺の格まで下がっちまうんだよ！

クズの底辺は俺だった……

そんな、前回の苦い思い出が頭を過《よぎ》ったところで、俺は目が覚めた。

「う……あ……ゆめ？」

目を開くと、眩い日差しがカーテンの隙間から差し込んでくる。

国を追い出されてからしばらく野宿やらで落ち着いて寝ることはできなかったから、ふかふかのベッドがこれほどありがたい存在だとは思わなかった。

「……ん～……」

そして改めて状況確認。

ここは俺の部屋。そして魔法学園の制服が壁にかけられている。

どうやら俺は本当に過去に戻っちまったようだ。

どうして戻って来ちまったのか分からないし、これが夢ではないことは確かなよう。

とりあえず、これからのことを色々考えて……と、俺が体を起こそうとしたら……

「……起きるか——はうぅんん!?」

股間にものすごい生温かくて気持ちいい、そして慣れ親しんだ『あの感触』が走った。

「ッ!? まさか！」

っていうか、何故気づかなかった!?

俺の被っているシーツがものすごい盛り上がってモゾモゾ動いている。

俺が慌ててシーツをめくると……

「ぺろぺろ♥ あ、おはようございます、坊ちゃま！」

「お、おお……ソード……」

ソードが俺のチ×コをしゃぶっていた。

「そ、そーど……な、なにやって……?」

「はい！ 小生のような奴隷の身分の者に自分の部屋だけでなくベッドまで下さるなど、あまりの寛大さに色々と小生も戸惑いましたが……それほど慈悲《じひ》深い坊ちゃまには、いかなることをしてでも報《むく》いねばと思い、朝のご奉仕を！」

確かにそういうことしていた！ いや、やらせていた。

ソードが家に来てからは、ほぼ毎日夜は一緒にベッドで裸で寝て、そして朝は必ずご奉仕フェラだのセックスだのをソードとマギナに交代交代《こうたいごうたい》でやらせて……ほんと……俺ってクズだぜ……って、今はそうじゃなくて！

「って、ちょ、待て待て待て！　そういうことはしなくていい！」

「うぇ!?　いえ、だ、だ、ですから、朝の一番搾りと言いますか……奴隷としての責務を……」

「いいってば！　その、奴隷としてどういうことをすべきかとか考えなくていい！　そりゃ身分は奴隷かもしれないけど、俺はお前とそういうことするつもりはねえ！」

何で今回のソードは、俺が前回嫌がるこいつに無理やりやらせていたことを自らやってくれるんだよ!?

ひょっとして、ソードの性格が前回と違うのか？

なら、マギナは？

そういえば、あいつとも……

（くっ、寝て起きたら坊ちゃまも元に戻られているかと思ったが、まさか真人間のままとは……朝のアレの濃厚濃密刺激臭満載の一番搾りザーメンを頂戴できないとは……チン滓《かす》もカウパーも……ど、どうする？　もう一度坊ちゃまの頭に衝撃を与えてみるか？　それとも、坊ちゃまの潜在意識の中に眠っているドスケベマインドを刺激してみるか……ぐっ、こうなったら……）

一瞬、あいつのことを考えて放心していたが、気づいたらソードがベッドの上で両足を両手で持って、まんぐり返しのポーズで俺に見せつけてきた！

「な、そ、ソード!?」

「坊ちゃま……ご、御覧いただきたい……小生の、パパ、パンティーにございます！」

「ッ!?」

「ど、どうぞ、朝食の前に、ご、御一献《ごいっこん》、いかがでしょうか?!」

白！　紐！　じゃなくて……なんで?!

（ぐぅ、前の世界では坊ちゃまが全部やりたいことを主体的にしてくださったので楽だったが……うぅ……自分の意思で色仕掛けは恥ずかしい……しかし、これも愛する坊ちゃまとのドスケベライフを取り戻すため！）

なんてこった！　俺が乱暴に無理やりこいつを犯さなくても、こいつは奴隷とはこうあるべきだと、自分から……！　なんて悲しいことを……

「や、やめろって、そういうのは抜きにしてくれ！」

「はい、ヌキます♥」

「いや、だからぁああああ！」

くそぉ、とにかく俺はこいつを絶対に穢さねえぞ！

「ひょひょひょ、どうもこんにちは、ハビリ様」

「…………」

「で？　お坊ちゃま、昨晩はお愉《たの》しみでしたかなぁ？　あの奴隷の具合は、いかがでした？」

朝の一悶着から少しして、醜い下衆《げす》な笑みを浮かべるジジイが現れた。まぁ、その下衆さは俺と同じぐらいなんだけどな。

前回の世界で俺が利用していた奴隷商人。

そうだ、思い出してきた。

「是非ともこれからもハビリ様にはご贔屓《ひいき》頂きたいです。ハビリ様はお若いですから、色々な玩具は持っておいて損は無いでしょう。玩具も玩具によって遊び方が変わりますからなぁ！」

こういうことを話す奴隷商人に、俺はニタニタとしながら話に乗っていたんだ。

そして、その流れで……

「ところで、ハビリ様は今回カタログから購入していただきましたが、オークションはまだ未経験でしょう？　どうです？　今日は超トビキリの目玉商品が出品される予定でして、是非とも坊ちゃまにもオークションに参加して頂けたらと思いましてねぇ～」

ああ、そうだ。

奴隷オークション。

まさに俺のようなクズ共がわんさか集まって、人間やモンスターを買う場所。

不思議なもんだ。

前回はこれを聞いた時は、俺も目を輝かせて参加したってのに、今では胸が苦しくなる。

何よりも……

——ご主人様……

俺があいつを……マギナを買ったのも……

「いや、俺は——」

と、そこで拒否しようとしたが、それでいいんだろうか？

俺はこの世界で少なくとも、ソードとマギナには幸せになってもらいたいと思っている。それが俺のできる僅かな償いだと思っている。

だからそのためには、俺が二人と出会わなければいい。俺が奴隷だったあいつらを買わなければ、そもそもの運命が変わる……そう思っていた。

だけど、昨日のソードの話が頭を過《よぎ》る。俺が買わなければ、次に買うのはもっと酷《ひど》い奴かもしれないんだと。

ただ一方で、俺よりもずっと優しい奴に買われて、幸せになれるかもしれない。

たとえば、俺の性根を叩きのめしやがった、あの勇者のような……。でも、そうじゃないかもしれない。それはその時にならないと分からない。

「まあまあ、坊ちゃま、これも社会見学、そして経験ですぞ？　こういう世界を知るのも貴族の嗜《たしな》みと思いますぞ？」

そう思うと――

「……まぁ……一目見るぐらいなら……」

一目だけ、オークションの結末を見届けようか。

「ちっ、マギナか……あやつが居ると小生と坊ちゃまとの時間が減るのだが……頭を打って真面目になられた坊ちゃまなら、あやつに関わらないかもという可能性を考えたが、まさか様子見とはいえ赴《おもむ》かれるとは意外な……それともやはり前回と大筋は変わらないということか？　とはいえ、マギナも今後の様々な問題を解決する戦力としては……必要か……まぁ、それに共に坊ちゃまに開発された盟友でもあるわけだし……仕方あるまいブツブツブツブツ」

「ん？　ソード、どうした？」

「え、いや、何でもありませんぞ、坊ちゃま。外出されるのであれば護衛につきます」

とにかく前回の自分を踏まえて今回の俺はどうすべきか……色々と見極めないとな。

この先の世界の流れを知っている身として、その上でこいつらに償いをしたい――。

そして最後は勇者の『あいつ』がこいつらを幸せにしてくれるだろう。なんかハーレムみたいだったけど、仲良さそうだったしな……

ソードとマギナも、俺への同情をしなければ、前回の世界で勇者の傍《そば》にいて、女としての幸せを得ていたはずなんだからな。

ただ、このとき俺は知らなかった。「知っていること」よりも「前回知らなかったこと」に今後振り回されることになることを……

「もうすぐ魔法学園の入学試験で帝都に行く日だ……天国の兄さん、見守っててね。私は絶対に勇者に……じゃない、『僕』は勇者になるよ！　うぅ〜、話し方とか気を付けないと……あと、髪の毛も切っておこう……女の子としてじゃなくて、僕は男の子として帝都で勇者になるんだから」

まだ、分かっていなかった。

「様子を見るだけ。様子を。マギナの……そしてオークションの流れを……」

散々迷った挙句、俺は奴隷商人の誘いを受けて帝都の悪所と言われる地区に足を踏み入れていた。

ここでは物も生き物も人も含めて、あらゆるものが手に入る。

さらにはギャンブルやら剣闘やらもござれ。

非合法と言われながらも、帝国の上層部も密かに贔屓にしていたりと、何かと見て見ぬふりをされている場所。

まさに掃きだめのゲロの匂いが充満した街で、前の世界で最初に訪れたときは吐き気がしたものだ。

ただ俺も前回の世界で、最後の方は地べたを這って腐った肉を食らったりと、ゴミみたいな生活をしていたから、悲しいことに慣れてしまっていた。

「ひょひょひょっ、会場に入る前に、どうぞ坊ちゃま。あちらの馬車の荷台に例の商品がありますぞ」

そして、そんなことを考えている俺の前に一台の馬車が止まる。

荷台は鉄檻になっており、中には……

「…………」

「あ……」

あいつが居た。

両手に枷《かせ》、首輪を嵌《は》められ、しかし身綺麗なドレスに身を包んだ絶世の美女。

囚われの生活のせいかドレスはところどころ破れ、短いスカートの下にあるパンティが、素でチラチラと覗いてる。

長い白銀の髪を頭の後ろにまとめ、透き通るような白い肌、ソードのように馬鹿でかいわけではないが、それでも形の整って柔らかそうな胸……いや、実際に柔らかいんだが……って、そうではなく！

そして、その表情に笑顔はなく、眼差《まなざ》しはこの世の全てを拒絶するかのように、凍《こご》えんばかりの色を……

（きゃ～～～、ご主人様ァ♥　あなた様の醜い淫らな豚ですよ～～～……と、落ち着くのです、マギナ。今の私をまだご主人様は知りません）

ん？　なんだ？　今、一瞬だけ物凄い蕩けるような笑顔を見せたような気が……気のせいか？

いずれにせよ、このどこまでも冷たく人を見下すような目に惹《ひ》かれて、俺はこいつを……ん？

なんか目が熱を帯びてる？　あれ？

「ふひひひ、驚いたでしょう？　実はこやつ、元姫なのです。連合加盟国ではなく、関係者以外はあまり知らない地方の極小国ではありますが、戦乱に巻き込まれて、そのままあれよあれよと堕ちて私の手元に」

「………」

「如何《いかが》ですかこの美貌。何よりも処女にございます。坊ちゃまには何とぞこやつのオークションに参加いただけたらと」

そうだ、前回俺は思わず意識がトリップしちまうほど見惚れちまって、ソードを買った翌日だというのに欲情したんだ……

「さぁ、降りろ。お前のご主人様候補だぞ？」

そして、荷台の牢から外に出され、馬車から降りるこいつは俺に対して冷たい目を向け……

――全員死ねばいい……

そう呪いのような言葉を吐き捨てたのだ。俺はその冷たさにゾクゾクして、何が何でもこの女を手に入れて、思うがままに犯して穢《けが》してやりたいという下衆な想いに駆ら……

「ぶひ」

「は？　ぶ？　なに？」

「ひゃっ、あ、いや!?」

あれ？　こいつ、今、何を言ったんだ？　ぼそっと一言呟《つぶや》いたような気がしたが、前回は見惚れて呆然としていたから気づかなかっただけか？　それにこいつ、アレ？　何かいつもクールで無表情だったこいつが、急に顔を真っ赤にしてオロオロしている？

（わ、私としたことが、ついご主人様を前に豚に戻ってしまいました！　いけません、豚に戻るのはまだ先です！　えっと、前回の私は、まだご主人様の偉大さを分からぬ雑魚娘だったのに精いっぱい強がって、えーっと、えーっと、なんと言いましたっけ……）

ヤバい。俺が余計なことに引っかかっちまったから、急に前回と展開が変わった？

てか、こいつこんな表情変わる奴だったっけ？

「って、あぶねえ！」

「え？　きゃっ！」

何やら狼狽《うろた》えてフラフラしていたものだから、マギナは荷台から降りようとする足を踏み外した。

「がっ?!」

「はぐっ!?」

俺は咄嗟《とっさ》に身を投げ出して受け止めようとしたが、うまくできず、マギナと頭をゴッツンしてしまった。

「坊ちゃま!?」

後ろに控えていたソードが慌てて駆け寄ってきた。

「つ～～～～～～」

「いつつ……あ、だ、だ大丈夫ですか、ご、ご主人様、この雌豚は、じゃなくて、ああ～、えっと、申し訳ありません！」

ヤバい、前回の出会いとだいぶ変わっちまった。つか、頭が……何でソードの時といい、頭ばかり打つんだ？　だけど……

（これはまずいです！　前回以上の最悪の出会い。これはまぎれもなくご主人様からのペナルティーで、ご主人様のペナル茶《ティー》オシッコを零《こぼ》さず飲み干すよう、強制されてしまいますね♥　そしてそのまま、お尻も含めて朝まで最低10発……っていけません、よだれが……嗚呼、早くご主人様にお尻を叩かれながらブヒブヒ言いたい……♥　頭をゴツンなんて、きっと死ぬほどよがらせてイジメてもらえることでしょう♥）

とにかく、俺がやることは変わらねえ。

「俺ぁ、大丈夫だ……そっちこそ大丈夫か？　コブとかできてねえか？」

「え？　あ、あの……へ？　……え？」

今度こそ。

（ご主人様が私の身体を気遣われた!?　何故？　私など息するだけの肉穴肉人形肉便器の雌豚としてブヒブヒ容赦なく荒々しく弄んでくださるご主人様が!?　逞しさやオラオラさだけでなく、時にはバブバブ甘える可愛らしさも曝け出していたご主人様が、わ、私の身体を気遣われた?!）

今度こそソードだけでなく、マギナも穢すことなく、そして幸せに……

（どういうことです？　しかも、目が何だか優し……まさか、頭の打ち所が何か悪かったと!?　私の雌豚ライフはどうなるのです?!　英雄になっても満たされなかった日々の中でようやく気付けた本当に大切な日々、私が私で居られる、本当の居場所……それを取り戻すために奇跡の黄金世代とも袂《たもと》を分かったというのに……。事情は分かりませんが、このループした世界では必ず生涯雌豚肉便器としての人生を、ご主人様と歩まねばなりませんっ……）

「皆様、今宵も熱気溢れる競売が続きまして、私もまことに嬉しく思いますが、次が最後の競売となります！」

オークションが始まって数時間後。前回と違う出会いやら頭ゴツンがあったが、ここらへんの流れは同じようだ。

身なりの整った金持ちたちも参加する奴隷オークションで、多くの連中が買われていった。

前回は周囲を見渡す余裕もなく興奮していた俺だったが、こうして観察してみると……

「うう～、駄目なんだなぁ！　なかなか気に入ったのが買えないんだなぁ！　僕のお眼鏡にかなう女神のような奴隷はいないんだなぁ！」

「おほほほほ、今日だけで美少年を三人も購入出来て、夜が楽しみザマスね」

「ふぉっふぉっふぉ、ワシの孫よりも若い奴隷を調教するなどそそるのぅ」

うん……俺と同じぐらいのクズしかいないわ……正直この中で俺なんかよりもマシな奴が居て、マギナがそいつに買われれば、幸せになるんじゃないかとも思ったが……無理そうだこりゃ。

「さぁ、御覧ください！　18歳の若さでありながら大人の色気あり、この圧倒的な美貌と気品！　何を隠そう、亡国の姫君！　故郷では白銀の魔姫とも言われた、正真正銘の処女！　本日の目玉にございます！」

「「「「ッッッ!?　お……オオオオオオオオオオオオオオオオオオオオオオオオオッ！！！！！」」」」

そしてついに、首輪に繋がった鎖を引っ張られながら、マギナが出てきた。

「では、こちらの商品は５００万サークルから開始いたします！」

そのあまりの美貌と姫という肩書に恥じぬオーラに、元々熱くなっていたオークション会場が更なる熱気に包まれた。

「うひぃいいいー！　アレ、も、もう、アレなんだな！　アレが欲しいんだな！　ぜ、ぜぜ、絶対絶対に買うんだなぁ！　600万！」

「ふぉ、ワシが買うのじゃぁ！　630万！」

「お、俺だ、俺だあああぁ！　650万！」

「渡さないんだなぁ、660万！」

「700万！」

帝都の一般庶民の年収が300万〜400万……当時の俺はそんな金銭感覚まるでなかった。

国を追い出されて地べたを這うようになって初めて、1000サークルもあれば一日三食余裕で食べられると思い知ったのだ。パンの一かけらを買うのにだって金はかかる。俺はそんなことも知らず、自分で稼いだ金でもないのに湯水のように使ってたよな。

「ぬぅうう、1000万なんだなぁ！」

そう、さっきから執念のように、意地でもマギナを買おうとしているあのデブの不細工野郎と最後の最後まで競《せ》ったのだ……。

「わ、ワシは、せ、1300万！」

「2000万！」

金の価値も分からずに、人に値段を付けて買おうとか、今にしてみれば反吐《へど》が出るような世界だな。しかもその目的が「弄ぶための奴隷」を買うこと。それだけの金があれば、どれだけのことが出来ることか。

まぁ、仮に本当にマギナに値段をつけるとしても、そんなはした金じゃすまないんだがな……

「おっとぉ、2000万までいきました！　他にいらっしゃいませんか？」

っと、あれ？　まだ2000万？　って、そうか。前回と違って俺が参加してないから、そこまでまだ値段が吊り上がってないのか。

このままいけば、あのデブが……

（ご、ご主人様ぁ!!）

ん？　なんだ？　マギナ……こっちの方をさっきからジッと……え？　俺を見てる？

（ご主人様、ど、どうして入札してくださらないのです!?　まさか、先ほどのゴツンで嫌われた？　それとも頭を打って真人間になられてオークションを拒否!?　そ、それは困ります！　何よりもこのままではあの醜いオークのような男に……いけません！　豚は私一人で十分！　いかに私が豚とはいえ豚のような男に買われるなど死んだ方がマシ！　ご主人様、お願いします、どうか私を……っていうか、ソードは飼ってるのに、私を買ってくださらないのは何故です!?）

んんん？　涙目？　うそ！　気づかなかった……前回は俺も白熱していたからか、マギナの細かい感情の機微に気づけなかったんだ。

泣いているんだ。

当たり前だ。

いくら感情を殺そうとしても、自分がこれから売られる事態！）

その時だった。

「ん？」

「なんだ、あの奴隷？」

「急に後ろを向いて……」

マギナが後ろを向いて、腰を曲げ……尻を突き出した⁉

ほつれたミニのスカート越しに、尻に食い込んだ白下着と白い尻がプリンとあらわになる。

「「「ッッ！！？？？」」」

突然の異常事態に言葉を失う会場。

俺もそうだ。

あのマギナが自らこんなことをするなんて……何で……

「私は……嫌です……」

「「「？？？？」」」

そのとき、本来喋ることも許されない商品であるマギナが、震える唇で言葉を絞り出した。

「その醜く肥えた男に買われるのだけは嫌です！　真実《ほんとう》のご主人様！　どうか、どうか！」

「「「「おおおおおおおおおお！！！」」」」

奴隷になるとしても、買われるとしても、あのデブだけは嫌だと、マギナは尻を左右に振りながら会場中の男たちを誘惑した。

（ご主人様、お願いです、目を覚ましてください！　雌豚尻ダンス！　本当ならパンティーも脱いであなた様に捧げるこのダンス……どうか奥底に眠るエッチな野獣の本能を思い出してください！　ぐっ、これでもまだ駄目なら……ご主人様以外にはさらしたくありませんが……パンティーも脱ぎます！）

マギナ……そこまで嫌なのかよ……でも、だからって俺が買うのは……いや、でもそれならまだ俺が買った方が……

「見てください！」

さらに、マギナは腰を落とした状態で、パンツも下げて……真っ白い、そして美しい尻を突き出して、さらに……指でマ×コの穴を広げた。

「この処女膜は、あなた様のものなのです！」

「「「「おおおおおおおおおお！！！！」」」」

「こ、この、このケツ穴も、サーモンピンクで未開発で、あなた様に開拓されるのをお待ちしているのです！」

さらに、左右の指で尻の穴まで丸出しにして……ちょ、マギナ?!　そこまでするか!?　あのマギナが!?

「2500万！」

「ワシじゃあ！　ワシが買うんじゃぁ！　3000万！」

「4000万！」

「ぐぅ、負けないんだなぁ！　もうあのお尻もオッパイも唇も全部僕のだぁ！　5000万！」

あぁ～、値段が吊り上げられていくけど、でもあのデブはまだギブアップしないし、つか、あいついくらぐらいが限界だったたっけ？

いずれにせよ、俺が最終的にマギナを落札したのは……でも、でもまたこれじゃあ俺は前回の繰り返しをするだけだ……だけど、このままじゃマギナは……

「5000万入りました！　さぁ、もう他にいらっしゃらないのであれば、これで――」

マギナ、ゴメン！

「1億だぁぁあああ！」

「「「「ッッッ！！！！！？？？？？」」」」

「……ほへ？」

（ご主人様ぁ♥♥♥♥♥）

気づいたら、俺は前回の落札価格と同じ価格を叫んでしまっていた。

「い、お……あ、あの、ハビリ様……い、今、1億と……」

「つっ～～～、ああ、もう、そうだよ！　1億だ！　1億で買う！　その女は俺がもらう！」

結局こうなっちまったか……ソードだけじゃなく、マギナも奴隷として俺は再び手にしてしまった。

何が償いだ。

それとも、多少の変化はあったとしても、未来は変えられないのか？

いずれにせよ、デブは既に放心状態で項垂《うなだ》れていたが、アレに買われなかったとはいえ、マギナは俺に買われて結局奴隷ということは変わらない。

（ぐっ、尻ダンスに坊ちゃまは反応されたか……マギナを除《の》け者にするチャンスだったのだが……いや、まぁ、今後のトラブル処理用の戦力としてはいいのだが……しかし、妙だな……前回は小生も心を無にして、あまりこのオークションに関心を持つ余裕もなかったが……マギナ……調教される前からこういうことをする女だったか？）

俺の傍らのソードも難しい顔で黙ったまま。俺に失望しているのか？

そしてマギナも、あいつの心は今どれだけ傷ついているのだろうか？

（あぁ～、よかった……よかった……ようやくご主人様が目を覚ましてくださって……ふふふ、しかしこれでようやく雌豚ライフが予定通りスタートです。御主人様にまずは処女をとっとと奪っていただき、その後はぶっ通しで……そして今宵はケツ穴も確定ですよね♥）

それだけがずっと気がかりだった。

屋敷に戻り、そして俺の目の前にはソードとマギナの二人。

奴隷として俺に買われた不幸な二人。

今、二人は何を思っているんだろうか？

きっと、傷ついているんだろうな。

（ちっ、やはり歴史通りマギナも購入されたか……まぁ、良い。坊ちゃまは二人同時に奉仕される方が好きだったのは事実……マギナも居ると後々便利ではあるしな）

（それにしても、ご主人様は私を買うか迷っていましたのに、ソードは普通に買ったんでしょうか。まぁ、いいでしょう。日常で私たち以外の女の相手をしてご主人様の精力を消費させないよう、きっちりガードしていただく必要がありますからね）

（いずれにせよ、真人間になられたかと思ったが、マギナも買ったあたり、やはりスケベ目的であろう！　ならばよし！　今宵より、ドスケベライフの開幕だ！　常日頃から不浄の穴まで全て清潔にしておいてよかった♥　今日はきっと両手を頭の後ろで組んで、両足をガニ股に開いての求愛ダンスを無理やり覚えさせてからの無理やり合体♥　小生振り付けは完璧に身についているが、しばらくは初心者の振りで恥ずかしがったりの演技もしないとな～♥　うぇへへへ♥）

（さあ、まずは昔を思い出して処女喪失も含めて快感に悦びましょう。今日より私の新たなる人生、全てを受け入れての、メスブタライフの幕開けです！　まずは心を無にした無表情の私に、御主人様は……）

――心なしか、二人が心を弾《はず》ませているようにも見えないこともないが、それは俺の罪悪感が見せる幻だろう。または、せめて現状を前向きに捉えようと振る舞っているのだ。その健気《けなげ》さに、改めて心をえぐられる。

特にマギナは、前回俺がいきなり陵辱した時も、弱みを見せまいと気丈にしていたからな……。

＊　＊　＊

奴隷となったお姫様。冷たく目を開いているだけで、一切の反応を示さない。

――全員死ねばいい
初めて出会った時にマギナがそう言った。その醸し出す空気がたまらずそそられて、俺は小遣いのほとんどを投げ打ってマギナを競売で落札した。

史上最高額だとのことだが、そんなこと気にならないほどの美貌に興奮が止まらない。

「へ、へへへ、やっべぇ！　見れば見るほどなんて美人なんだ！　国宝級の美術品だぜ！」

涎と勃起が止まらない俺に対して、マギナは変わらず無感情無表情で反応なし。それは却《かえ》って俺に火をつけるだけだ。

「おら、両手は頭に、ガニ股になって股を広げたまま静止してろ！　じっくり見てんだからよ！」

今のマギナは首輪をつけているだけ。

パンツもなく、裸で、しかもお姫様が生涯で一度もやったことのないであろうポーズで胸を露わにして、マ×コを晒している。

「くぅぅう！　最ッ高だぁ！　ソードほど巨乳ってわけでもねぇが……この美乳！　乳首の形と張り、乳輪まで含めて、完璧じゃねえか！　うっまっそぉ！」

その体の全てが美しい。コレを俺が舐めていい。吸っていい。貪りつくしても許される。そして、このマ×コも自由にできる。これから先、何度でもだ。

「うほ、マ×コも超綺麗なピンクじゃねえかよぉ！　処女膜も発見！　クリもぉ〜いいねぇ！」

自分でも鼻息が荒くなっているのが分かる。俺の鼻息がマギナのマン毛を僅かに揺らめかせる。

「ひひひひ、なぁ〜、マギナ姫ぇ〜、何か言いたいことがあるなら、黙ってないで言ってくれよぉ！　今日から俺たちは毎日毎日朝も昼も夜も関係なくセックスしまくるんだからよぉ！」

「……」

マギナは何も言わない。

そして、これがマギナの答えであり、マギナの唯一の抵抗。

抱いても弄んでもつまらない無表情・無感情の女を演じることで、俺からの興味を外そうとでも考えているんだろう。

ソードのように反抗心や嫌悪感剝き出しとは違うが、これはこれで俺に対して精一杯抵抗しようとしているんだと思うと、逆に燃えてくるってもんだ。

「へ、強がりがいつまで持つかな？　なんせ、あの誇り高いソードですら一日も耐えきれずにチ×ポ狂いになったんだからよぉ！」

「ッ」

反応した！　俺のチ×コを見たマギナの目尻が僅かに動いたのが分かった。いや、と言うより、どこか歯を強く食いしばっているように見える。

そうか。処女を失う覚悟を決めたと同時に、挿入されても何の反応も示さないように神経を集中させてるんだろう。

「オマ×コ全集中ってか？　……だ・け・ど」

残念だったな。俺の狙いはマ×コじゃない。俺はマギナの背後に回り込んで、無造作に穴にぶち込んだ。

「――くっはぁぁぁぁ！　はぐ、がぁ、あ、え？　え！」

声を上げた。ついにマギナが初めて声を出した。

「ち、が、……かは、え……え？　そこ、ち、ちがう、なん、で！」

明らかに混乱しているマギナ。当たり前だ。なぜなら俺の勃起チ×コが貫いたのは、全集中したマ×コじゃない。

俺のチ×コが貫いたのは、アナル。肛門。尻穴だ！

「おほぉおお、くぅ、すげえ、締め付け！　くはっ、ぎちぎち、さ、さいっこう！」

「そん、おほぉん、ぐっ、なんということを！　そ、ソコは、ナニかを入れる場所では、なぁ！」

マギナにとっては、完全なる意識の死角からの一撃だっただろう。尻穴に関しては見事に無防備なノーガード状態だった。

「さすがのクールな無表情も、締められた鳥みてぇな顔と声になったなぁ〜、なぁ、お姫様よぉ！」

「んぉぉお！　おお、ぐっ、はっ？　わ、私は、ぐっ、い、今、何を！」

マギナの頭も体も混乱して何が起こっているか分からないようで、ただ喚《わめ》いている。

「オひっ！　お、おぉお、お、おひ！　ななん、なん、ですか、これはぁ！　お尻の中の……肛門内の肉壁がほじくり返され、最奥に男性器がぁぁぁあ！」

「はっはー、根元までズップリ入ったぜぇ！　きっもちいいぜぇ、あったけぇ！　俺のチ×コの亀頭がテメエのアナルにめり込んでるぜぇ！　めっちゃくちゃ締め付けて最高だ！　油断無防備のノーガードプリンセスアナルぅ！」

「や、やめ、す、ストっぷぅ、うんぐぅ、おひっ、ちょ、ま、待ってぇ、くひっ！」

尻穴がビックリしてプルプル震えている。グニグニの尻肉壁が、生温かい感触がたまんねぇ。

マギナが喘ぐたびに俺のチ×コも心も震えるぐらいの快感を得る。脳天まで貫かれたかのようなマギナの声と震えが、そろそろ俺のチ×コを限界に追い込む。

「んじゃ、まずは一発目ぇ〜♪」

「い、ぱちゅぅ？　んひ、んぐ」

たとえ、セックスの経験がなくともその言葉が何を意味するのかはすぐに分かったようだ。

「や、やめ！」

「尻の穴だから妊娠の心配なくていいだろ？」

嫌がるマギナの直腸へ向けて、問答無用で俺は精子を解き放つ。

「んぎィ、んぐ、んあああああああ！　おやめください！　ち、チ×ポ抜いてくだ――」

「おほぉ、出る出る、おお、どぴゅって出てるぜぇ！」

「嗚呼、流れてきています！　間違いなく！　熱い液、おしっこ、いえ、これは、分かる、精液……精液が、他人の、男の、精液、私のお尻に！」

いやらしい音を立てながらマギナの尻穴からチ×コを抜くと、足腰バカになっているマギナはそのまま床に突っ伏した。

まるで尻だけ突きあげたような下品な状態だが、それを直す気力も残ってなさそうだ。

だけど、これで終わりなわけがない。まだ前菜だ。

「じゃ、前菜も食ったしメインディッシュだな。マ×コ、いただくとすっか」

「はあ、はあ、はあ……まん……え？　え？　な、え！」

一発射精した。でも、俺のチ×コは微塵も萎えていない。それどころか、少しウォーミングアップしたぐらいの熱さで、これからが本番だと張り切っている。

「ちょ、なな、何をぉ！　何故、もう終わったはずでは！」

「なーに言ってんだ、俺のチ×コは一発ぐらいじゃ萎えねーし、マ×コ食わずしてセックスじゃねーっての」

「ま、まって、お、お待ちを、そ、そこは、今、いま、な、何もぉお！」

「くははは、オマ×コ全集中解除だからってか？　みっともなくチ×ポ負けしちまいそうか？」

「そうです！　い、今は無防備で、わ、私の子宮口も、い、今はありえません！」

うつ伏せのマギナを押さえつける。慌てて身を捩って逃げようとする元姫奴隷を逃がさない。

「じゃあ、お姫様のぷりっぷりプリンセスマ×コに、鬼の追い込みかけちゃうぜぇ！」

「やめ――」

――ぶちぶちっぶちぃ♥♥♥

「ぁがあぁ嗚呼《ぁぁ》！」

寝バックで処女を奪ってやった。

元々濡れまくって挿入しやすかったのもあるが、狭い膣道を一気に広げて、最奥まで到達。

「へへ、うおぉ、お、お、いい！　やべえ、このマ×コ！」

「あ、嗚呼ぁあ！　いやああ！　そんな、は、はいって、そんな、あ、あんな精液にまみれた汚物で、わ、私の、私の、いやああ！　嗚呼！」

「くはっ、すげ、出したばかりで敏感なチ×コが、うおぉ、余計に、ぐ、すげえ、スゲエマ×コだ！　俺のチ×コをマ×コでバキュームフェラしてるみてえにすげえ！」

マギナの尻穴を掻きまわした精子まみれのチ×コでマ×コに挿入。脳天を貫くほどの刺激が全身にいきわたる。名器なんてもんじゃねえ。挿入しただけで二発目が出そうだった。

寝バックで全身の体重をマギナに押し付け、叩きつけ、逃がさない。マギナもジタバタしようとするが、もう全身に力が入っていないようだ。

「そらそらそら！」

「んぉぉおおお〜〜♥♥♥」

自分でも強引だと思えるぐらい勢いよく高速で何度も叩きつける。あまりにも気持ち良すぎて自分の尻の穴がキュッと締まる。

「かて、ない、負け、こんなチ×ポにィ！　負けて、なるものですかぁ！　チ×ポに、まけ、ない、私は！　私は！」

自分を保つために、自分に言い聞かせるかのように心の声を口に出すマギナ。

でも、そうやって大声を出して少しでも正気を保とうというのなら、その口を塞ぐまで。

「おら、マギナ、んちゅっ」

「んむぅ！」

無造作にマギナの上体を引き起こし、首を無理やり横に向けてからのキス。

そういや、これがこいつとの初めてのキスだな。やわらけぇ。

（口、塞がれて、これ、キス！？　キス！　キス！　そんな、ひどい、私のファーストキス、こんな形で、無理やり、処女だけでなくキスまで！）

たぶん、マギナにとってはファーストキスだろう。目を大きく見開いて、顔を強張《こわば》らせてるのが分かる。

尻穴、処女、そしてファーストキスまで奪われながら、今もガンガン子宮を突かれているこの状況、もうマギナも混乱してるのか、驚いているのか、抵抗が小さくなっている。

（なぜ、こんなことに？　キスが、舌まで入ってきて、私の舌を舐りながら、アソコを突いています！　チ×ポが私のアソコを突いてます！　キスが！　チ×ポが！　オマ×コが！　征服されている、侵略されています、この私が！　こんな少年のような男に！）

抵抗が弱まったら、ただ前後に突くだけじゃない、腰で円を描くようにグルグルに掻きまわす。

「んごぉおおほぉ♥　おごぉ♥」

俺にベロチューされながら、マギナが言葉にならない悲鳴を上げている。

そうだ、喘げ！　乱れろ！　堕ちろ！　俺のチ×コで！

（ダメです、抗えない！　この衝撃、この刺激、何も考えられません！　王族の誇りも何もかも潰されて、もう、もう、ただただチ×ポに狂ってよがってしまう！　認めたくありません！　だけど、もう何も考えたくない！）

セックスする前は、無表情無関心な人形みたいなツラしていたのに、ずいぶんとエロい肉になったもんだ。

そして、俺ももう本当の限界だ。出る。

「ぷはっ、出るぞ、中に出すぞ！」

「くはっ、はあ、はあ、はあ、はあ、中……！　い、いや！　それだけは、うむぅちゅぶ！　んー！　んー！」

出すなら当然、中出しだ。俺がそう宣言したとたん、マギナはハッとして、慌ててまた悲鳴を上げようとしたが、すぐにその唇をキスで塞ぐ。

（いやぁ！　中に、膣内に、こんなチ×ポで子宮に射精されたら、そんなの確実に……妊娠……ありえません！　こんな子宮完全開放の中に精子を送り込まれたら孕む、堕ちる、後戻りできなくなってしまいます♥　あ、ダメ、イク！　だ、ダメです、ダメです！）

中出しされたらどうなるのか、その危険性に恐怖したマギナが悲鳴を上げられなくても足を必死にバタバタさせ、体を捩ってどうにかチ×コを抜こうと、逃れようとしているが、それは却ってマ×コの締まりを良くして、俺の射精を促すだけ。

（逃げられない！　チ×ポが、キスが、舌が、マ×コがぁ、イクぅぅう！）

そして、全力を振り絞った俺の射精をマギナのマ×コにぶちまけてやる。

「くはァア、出るぅう、おおおお、会心のぉぉおお！」

「くりゅううううう♥♥♥　もう、お、オマ×コぉチ×ポぉぉおひっぐぅうううう♥♥♥」

やべぇ、ドピュどころかドバドバって感じで、止まらねぇ。

（あ、ぁ、はいって、きています、私の中を埋め尽くすほどの、回避不可能な精子がまだ私の中に、私の……まだ出て……）

もう、全部出す。残り汁も含めて最後の一滴まで余すことなくマギナのマ×コに注ぎ込み、膣壁に擦りつける。

「はァ～～～んぐっ、とぉ～。さいっこーだったぜぇ、マギナ。こんな最高の女が生涯俺のモノなんだ……一生かわいがってやらァ」

こんな最高な身体への射精を今日一回限りじゃなく、これからいつでもどこでも何度でも使える。ソードと同じで、もう毎日どっちとセックスするか、いや、両方一緒もいい。

射精したばかりなのに、これから先のエロい生活を考えるだけで、楽しみと興奮がこみ上げてくる。

（一生……ああ……そうですね……私はもうこの人の性奴隷……ただ、この人のチ×ポで弄ばれて舌で舐められて食べられるだけの人生しかこの先ないのですね……一生……これが一生？　一生……なんという淫らな……あ、またキス……舌でまた私を……）

全てを出し終えた俺の眼前には、また人形のように無言でピクリとも動かない放心状態のマギナ。

「最高だ、マギナ。お前は本当に最高だぜ、んちゅ、ちゅぶる、ちゅぱ」

「あ、ん……ん」

そんなマギナに、俺はまたベロチューをして、改めてマギナはもう俺のモノだと刻み込んだ。

（飽きもせず、こんなにチューチューと、チュパチュパと……そんなに私に夢中に……彼はこれほどまでに私を……嗚呼、これが一生ですか……キスもチ×ポも……一生――）

＊　＊　＊

だけど……

「まず、そこまで畏《かしこ》まる必要はねえよ。奴隷として買っといてどの口が、って思うかもしれねえけど、俺はお前らの身体をどうこうする気はねえ」

「「はい、どうぞ召し上がっ……って、うぇ!?」」

「いや、そんなに驚くなよ……あと、だからスカートの裾を下げろ、パンツ見せんな……」

改めて俺は何もしない宣言をするが、こいつらは俺に今から抱かれると思っていたのか、自らスカートを持ち上げて……くそ、ムズムズするけど我慢しろ、俺！

「いや、坊ちゃま、それはどういうことでありましょうか！　小生らの身体に何か不服がありましょうか!?」

「体は綺麗に洗っています！　今すぐにでも私の花畑の鑑賞やら、全穴ダンジョン突入できますよ!?　ご主人様、一体どうなさったのです?!　まさか本当に頭の打ち所が!?」

むしろノリノリのような……いや、これはきっと俺の反省しきれてねえ願望みたいなもんだ。

俺は誓ったんだ。

「ああ……そうだな。頭を打ったからかもな……いずれにせよ、俺はお前らに奴隷としてじゃなく……その……もっと普通の……」

「「……愛人？　妾？　便器？」」

「ちげーよ！　何でそんな単語出てくるんだよ！　とにかく、俺はそういうことはしねえ！　だからお前らに仕事を押し付けることもしねえ！　首輪もすぐに外すから、自由に生きろよ！」

「「え……ええええええええええ!?」」

「生活費とかも何とかするから……つっても、所詮は小遣いだし、さっきメチャクチャ使ったから親父にまたおねだりだけど……とにかくそのつもりでいて欲しい。ここには違う場所に行きたければ協力するし、もし学校に行くってんなら、いくらでも協力する……。だから……もう自分たちが奴隷とかモノだとかそういうふうに思わないで欲しいし、俺みたいなクソ野郎に心を殺してまで身体を差し出す必要はねえ」

いずれにせよ、こうしてこいつらを手にしてしまった以上は、何としても今後の生活の責任を持たねえとな。

（な、ななな、なんということだ!?　坊ちゃまがこれほどの真人間になってしまうとは?!　いや、これはこれで良いのだが……し、しかし、小生が望むのは体の相性抜群の坊ちゃまとのドスケベライフであり、正直それ以外のことはあまり……）

（こ、これは予想外です。私はただ、またご主人様にメスブタ調教していただきたい、ご奉仕したい、いじめられたい……ただそれだけだというのに……これでは私のメスブタライフが……まだ私は正式にブヒとも鳴いていません！）

（大体普通のと言われても……御父上殿や兄上殿さらには『黄金世代』たちの助力で奴隷の身分から解放され、小生はすでに普通の生活や英雄の生活を体験ずみなのだ……。その上で、その〝普通〟が物足りなくて退屈で……だから小生は坊ちゃまとのドスケベライフこそ小生の真の幸せだったと気づき、それを望んで前回は坊ちゃまを追いかけたというのに……とにかく、少しでもスケベを……！）

（いけません……それにこのままでは、ご主人様は私を調教どころか抱く気配も……それでは何のために過去へ戻ったのか分かりません！　しかし今の様子では……それは絶望的。この状況を打破するのであれば……！）

するると、二人は一瞬何か唸るように物凄く考えたように見えたが、すぐに顔を上げ……

「であれば、坊ちゃま。たとえば、小生が自分の意思で坊ちゃまにお仕えする奴隷になりたいというのであればいかがでしょう？」

「私もメスブ……ご主人様の奴隷として、そしてあなた様に女として抱かれたいと望んだ場合はいかがでしょうか？」

……あれぇ？　このパターンは考えてなかったぞ？　え？　俺、好かれている？　いやいや、好かれる要素ゼロだし……あ、そうか……。二人のその『真意』を知って、俺は目の前が真っ暗になって思わず目をつむってしまう。

すると……

「ご主人様ぁ～♥　んちゅ♥　ちゅぶる♥　ちゅう～♥」

「ッ!?」

「あっ、マギナ、ずるいぞ！」

俺が目をつむった瞬間？　その隙にみたいな？　唇にやわらかい感触と、舌で俺の歯茎をまるで歯ブラシのようにゴシュゴシュしながらの濃厚なキス。

「ぷはっ、ほら、ご主人様も紳士的なことを言いながらも、もうアソコがこんなに硬くなっていますね♥」

「うぇ、まま、まぎ、マギナ？　うぐっ！」

そして、キスしながら俺の股間を手で擦ってくる。

いや、勃起してますねって、そりゃするだろうが！

「ま、まっ!?」

「待ちません♥　おチ×ポ様のご降臨～♥　きゃあああ！　なんと熱く滾ってご立派な！　ご主人様の勃起おチ×ポ様♥」

俺の制止も聞かずに、マギナが俺のズボンからチ×コを取り出して、それにたじろぐことなく

……なんで？　だって前回はソードと同じような反応だったのに……

「この雁首がいいのですよね？　れろれろれろ♥」

「ひゃうぅなおん!?」

ソードはチ×コを根元まで飲み込むフェラをしたが、マギナは舌腹で竿を根元からペロッと舐めあげて、そこから舌先で雁首をほじり、そして吸い込む……待て待て待て、ぎこちなさの欠片《かけら》もないこの匠《たくみ》のフェラはなんだ?!

「ぐっ、こやつ……うまいではないか……だが、小生も負けられぬ！　坊ちゃま、小生も！」

「あ、邪魔ですよ！　ご主人様は私の口淫に……ぺろぺろ♥」

「ならば坊ちゃまのタマタマを♥」

きもちよすぎるけどなんだこれはあああああ!?

なんで!?　前回二人はすごく嫌がっていたはずのフェラを、自らノリノリで、しかもダブルフェラ!?

舌使いも見事で、俺のキンタマもキャンディーのように口の中に含んでゴリュゴリュ……って、だからぁああ！

「ダメろぉおおおお！？！？」

「「ひゃん!?」」

「はあ、はあ、っ、おまえら……いいんだよ、こういうことしなくてよぉ……」

危うくこいつらの口の中に、もしくは顔面に射精するところだった……こいつらの『真意』に気づいていたからこそ、何とか堪《こら》え切れた。

「お前らは誇り高い奴らだからな……だから……何でも世話になるだけの『施し』みたいなのに耐えられなくて、こんなチ×ポ大好きエロ奴隷みたいな真似してるのかもしれねえけど、そんな遠慮はするな……こんなっ、お前たちが穢れるようなことはもう絶対にしないでくれ！」

「「いや、ちがっ!?　（これでもダメ!?　このチ×ポをマ×コにぶち込んでほしいのに!?）」」

「それに俺はお前らとそういうことをする資格というか、するつもりはねえ。何だったら、お前らに相応しい相手を俺も協力して探すから――」

こいつらの誇り高さを知らされて、なおさら俺は自分のかつての小ささや醜さを突き付けられる。

だから俺は……こいつらの身が綺麗なまま……あとはあの勇者の野郎に全て託そうと――

「父上、少し休まれては？　何だったらお茶でも……僕も久しぶりの実家ですし」

「いや、着替えを取りに戻っただけだ。すぐに宮殿に戻ろうぞ。お前もそうであろう？」

そのとき、玄関から声と気配が聞こえ、それが誰なのかすぐに分かった。

「ッ……親父……兄貴……」

生きている親父と兄貴……。

（ふむ、御父上殿と兄上殿か……思えば、黄金世代にそそのかされたお二人が余計なことをして、私は坊ちゃまの奴隷から解放されてしまったのだな……この世界では何とかそれを回避せねば……いや、待て、そもそも……）

（あっ……そもそも、お父上様と兄上様が戦争で戦死されたことで、この家は没落し、御主人さまも……あっ、つまり！）

（御父上殿と兄上殿が健在であれば、そもそも坊ちゃまがあんな苦しい末路を辿《たど》ることは無かった！　小生らも正気に戻った後は屋敷に戻ってドスケベライフを継続できた！）

（つまり……お二人が死ななければ明るい未来が訪れる！　そうです！　それを防ぐ必要があります！　私のメスブタライフ継続のためにも！）

親父と兄貴の声を聞いて俺は思った。

俺がどんなみじめな末路を送ったとしても、二人が生きていてくれれば、ソードとマギナの生涯を面倒見てくれる。

親父と兄貴は俺に既に失望し、見放し、何よりも戦争やら国のことで忙しくてもう俺に興味もない。

金だけ握らせて、取り返しのつかないことさえしなければ好きにしろというスタンス。

だけど、それでも親父と兄貴の根は真面目だしお人よし。

だからこそ、黄金世代たちにほだされて、ソードとマギナを奴隷身分から解放し、さらに戸籍を持たせた。

もし、二人が生きていてくれたなら、最後の最後にソードとマギナも俺なんかの所に来ることは無かっただろう。

なら、俺のやることは……

（（まずは二人を死なせないようにするしかねえ（（ない））。これは絶対に変えなければいけない歴史！））

そう確信するや、俺は気づけば部屋を出て、親父たちの前に立っていた。

前回の俺は親父と兄貴が屋敷に戻ってきても無視してたんだが、単純に親父と兄貴を死なせないようにするには、それを意識した立ち回りをする必要がある。そして、そのために必要なのは……力。

俺は勇者でもなければ奇跡の黄金世代でもないし、魔王軍と戦う軍人でもねえ。だが将来的にはこんな俺に施しをしてくれた『あの村』にも行って、色々と返したい恩がある。

そのためには、どうしても俺自身がしっかりとした力を持つ必要がある。

前回は身分に胡坐《あぐら》をかき、身の回りのことや誰かに絡まれそうになったときはソードとマギナに頼っていた。だから俺自身は強くなろうとは思わなかった。

でも、これからはそうも言ってられない。だからこそ、親父と兄貴と向き合って、色々と教えてもらう必要があるのだ。

「親父……兄貴……」

俺が声をかけると、玄関にいた二人は振り返った。

「……ハビリ……何か用か？」

数々の英雄伝説を生み出し、今ではこの帝国の全軍を統括する総司令。親父の『エンゴウ』。

無数の傷跡を顔に刻み込み、燃え盛る炎のような滾《たぎ》った瞳を宿した武骨な親父。

「やぁ、ハビリ。久しぶりだね」

そんな親父とは打って変わり、細身のナヨっとした優男。いつもニコニコして人畜無害そうな雰囲気の男だが、戦えばこの帝国でも最強クラスの力を持った若き英雄として、他国も魔王軍も一目置いている英雄である、５つ年上の兄である『レッカ』。

「兄貴も居たならちょうどいい。ちょっと話があるんだが……」

親父は普段から家には帰らず、俺と顔を合わせることも少なく、会話もない。

兄貴も結婚して家を出て、奥さんと娘と一緒に住んでるから、実家にはほとんど来ない。

そして二人とも忙しく、何よりも俺を見限っていたので、あまり言葉を交わすようなことはしなかった。

「話？　小遣いか？」

「ハビリが僕に話なんて珍しいね……って、後ろの女性は？」

っと、俺の後に続いてソードとマギナまで出てきていたか。

まぁ、これからこの家に暮らす以上、紹介しないわけにもいかないし……

「……お前がオークションで非常識な大金を使って奴隷を購入したという報告は、先ほど宮殿で聞いた……」

「あ、ああ……ソードとマギナだ。今日からこの家で暮らす」

「そうか……」

ソードとマギナが軽く会釈をするが、親父も兄貴も二人をあまり気にしない。

それどころか、親父が俺を睨んで侮蔑するような、いや、ゴミでも見るような目をしてくる。

「まぁ、オークションであれば正式に登録されている奴隷だ。法的に特に問題はないが、面倒はお前が見るのだぞ。そうすれば、好きにすればよい」

「あ、ああ……」

「小遣いがないというのであれば、銀行で勝手に引き出せ」

そう言って、俺に呆れたような様子でこれ以上の干渉をしようとしない。

当たり前だろうな。

親父はもう俺のことは「手遅れ」だと思っているんだ。

それにその分、兄貴がとびぬけて優秀で自慢の息子だから、俺のことはあきらめているけど我慢はして、好きなようにやりたいようにさせてるってところだろう。

「ハビリ……確かに法的に問題はないけど、兄さんは奴隷については反対だよ……だからせめて、彼女たちには、人としての尊厳を汚すことのないように」

兄貴も普段は優しいし、昔は俺のことをすごい可愛がってくれていた。

だけど、ある日を境に俺は荒《すさ》んで、そして親父と兄貴は忙しくて俺にかまってくれる時間も減って、結果的に俺はやりたい放題するだけのバカ息子に……だけど……

「話はそれだけか？　ならば、もう行くぞ」

「じゃあね、ハビリ」

そして話はもう済んだと、二人は踵《きびす》を返してそのまま家から出ようとする。だけど、俺の話はまだ終わっていない。

「……俺たちがこうなったのは……俺の所為《せい》だ……母さんが病気で死んで以来……俺は拗《す》ねて不《ふ》貞腐《てくさ》れて……そして一人だったから荒れてやりたい放題のクズになった……」

「「？」」

「でもな……俺も……もうこれ以上のクズにはなりたくねえ」

俺がそう言うと、親父と兄貴は足を止めてもう一度俺に振り返った。

そして、俺の言葉に少し意外そうな顔を浮かべている。

（なんと……坊ちゃまが荒んだ原因に母上殿が……。どうりで、たまに坊ちゃまが乳房に対して赤ちゃんのように執拗に甘えてくると思った。坊ちゃま……寂しいのであれば常に小生の乳房

を！　薬を飲めば母乳も出ます！　さぁ、マギナに母乳促進剤開発をお命じください）

（なるほど……前回は知りませんでした……ご主人様はママのおっぱいが恋しく、しかしそれがもう叶わないので、私たちに欲情の限りをぶつけておいでなのですね。私のおっぱいはいつでもどんとこいですよ？　前回御主人様が私に命じて開発させた母乳促進剤も秒で作ります♥）

母さんのことは理由というより切っ掛けだ。結局俺がダメな奴だったのが一番の原因。

だからこそ……

「親父……兄貴……俺は変わりてえ。奴隷になっても誇り高さを失わないソードとマギナを見て、俺はどうしようもねえ奴だと分かっちまった！　俺は変わりてえ！」

「「ッ!?」」

（（え？　誇り高い？　ドスケベライフ（メスブタライフ）をもう一度と思っているだけなのですが?!））

「でも、俺は俺自身がどうすればもっとマシな人間になれるのか、自分だけじゃ分からないんだ。だから、相談に乗って欲しいんだ！」

ソードとマギナのことだけじゃない。

──お兄ちゃん、しっかり！

──あんちゃんはもう、この村の男だよ！

野垂れ死にそうになっていた俺に声をかけてくれた人たちとか。

その他にも俺は……だから……

「口だけならいくらでも言えよう。それに私やレッカに頼むのなら、その前に自分でやれるだけのことをやってからにしたらどうだ？　魔法学園でトップの成績を取るなどな」

だけど、親父は唐突な俺の決意なんてただの口だけだと思ったようだ。

まぁ、そうだろうな。

俺はまだ何もしてないんだし……。

「そうだね、もっとマシな人間と言われても、僕もハビリが目指す理想が分からない。頭とか、強さとか、心とか、そもそも到達点は何なのかもね」

「それは……」

「だからまずは父さんの言う通り、学校生活など目の前のことを懸命にやればいいんじゃないかな？　それを果たし、問題ないとすればさらにその先の……そうだな……たとえば……ハビリ、炎の魔法を出してごらん？」

兄貴は口調こそは優しいが、それでも内心では親父と同じ気持ちなのかもしれない。ただ、それはそれとして俺に対して実力を見ようとしてくれた。

「あ、ああ……おらぁ！　どうだ！」

「うん、ダメだね。それでは」

言われた通り、手のひらに炎を纏わせてみたが、一瞬で兄貴はダメ出ししてきた。

何がダメなんだ？

するとと兄貴は……

「見てごらん……これが本来の僕たち一族の炎の到達点……蒼炎！」

「うおっ!?」

そのとき、兄貴が掌に纏った炎は、俺の赤い炎とは違って、眩《まばゆ》く青い光を放つ炎だった。

「青い……炎？」

「そう、これが僕たち一族にのみ到達できる完全燃焼の炎。十分な酸素の供給と完全なる化合により、遥か高レベルの炎へと昇華したものだよ」

初めて見た、というかそんなの知らなかった。

俺を叩きのめした奇跡の黄金世代たちとはまた違う、質を感じる。

「無闇に見せるな、レッカ。それは、我が家系でも成人した者にしか本来見せず、伝授もしない領域の力だ」

「いいじゃないか、父さん。ハビリも将来これを出来るようになるのを目標にさせれば」

「バカを言うな。蒼炎の力は心の奥底の芯から燃やし、その上で本来は荒ぶる性質を持った炎を安定させる秘技だぞ。これは騎士団のエリートたちにもできない、我が一族のみの力。だが、それを発現させるにも、途方もない努力と天賦の才を必要とする。私でも発現させるのに二年かかり、天才と呼ばれたお前ですら半年もかかったではないか」

心の奥底の芯から燃やし……安定……青い炎……蒼炎……

「……あ、できた」

「『うぇっ!?』」

「うそっ!?　坊ちゃま!?」

「ごご、ご主人様が!?」

いや、なんか普通にできたぞ？

存在とやり方を知らなかったからこれまではできなかったけど……え？　これ本当に正解？

でも、親父も兄貴も本当に驚いている。

（そういえば、坊ちゃまは訓練も授業もサボっていた……そもそも普段は小生が護衛しているし、黄金世代たちにも叩きのめされていたので気づかなかったが……）

（ひょっとして御主人様は……努力してなかっただけで、実はとてつもない才能の持ち主？　いや、そもそも血筋的に優秀なのは当たり前ですし……御主人様は本来、やればできる子!?）

ソードとマギナも驚いているし。

「……もう一度やってみろ、ハビリ。今度は少し炎の形を変えてだ……」

「え？　形？」

そして、俺に興味のなかった親父がズイッと近づいてきて指示してきやがった。

しかも形って……

「魔法はただ放つだけではなく、研ぎ澄ませて練り上げれば各々の型ができる。たとえばこのように……蒼炎玉」

「うお、炎の玉が……」

「ただ放つだけではなく、徐々に象《かたど》るのが肝《かん》じ……」

「……お、おお……形を……ぐぬぬぬ……おっ、こんな感じか？」

「そう、そんな感じ……って、何故できる?!」

なんかこれもできた……

「す、すごい！　すごいよ、ハビリ！　そもそもここに辿り着くのだって僕はどれだけ……よし、ちょっとこのまま庭に行こう！　本格的に色々とやってみよう、ハビリ！」

「お、おお、兄貴……」

「いやぁ、なんてことだ！　ハビリにこんな才能があるなんて、兄さんもう嬉しくて涙が出て来るよ！」

そして兄貴は目を輝かせて、俺の手を引っ張って庭へ出ようと……

「待て、レツカ！　その前に本日の会議――」

「あ、そっか。軍略会議が……」

って、流石にそんな暇はないか。

「欠席の通達をするぞ！」

「うん、そうだね、父さん！　会議なんてやっている場合じゃないよね！」

「って、をおおい!?　い、いいのか!?」

「ハビリ、僕がもう一度見てあげよう。さぁ、続きだ！」

「お前の才能を極限まで伸ばすぞ、ハビリ！　さあ、さあ！」

と思ったら、親父と兄貴は物凄いウキウキしながら仕事をサボる宣言をして、二人で俺を庭へ連れ出していく。

「ぼ、坊ちゃま……」

「ご主人様……」

そんな俺たちに、ソードとマギナはポカンとしていた。

ただ、もう何年振りかで、親父と兄貴といっぱい話した。

第2章　足切りなんざ関係ねぇ！

「おい……ソード……別にお前も買い物とかしたければ自由に……」

「なりませぬ！　坊ちゃまの護衛が小生の責務！　片時も離れませせぬ！　むしろベッドで朝まで局部合体したままでいたいぐらいであります！」

ソードとマギナを奴隷身分から解放するのに戸籍を与えたりとかの手続きが必要になり、何とかならないかと親父に相談しようとしたら、ソードとマギナが何故か拒否。

そして何故か俺の奴隷であることを強く望んでしまい、結果的にソードは俺の護衛、マギナは俺専属メイドという、ループ前の立場とあまり変わらない結果に落ち着いてしまった。

前回の世界で自分のクソ野郎ぶりを知って以降、こういうのも正直心が痛む。ソードは誰の目にも奴隷であることが一目瞭然の首輪をつけて俺の傍らから離れない。

そうさせていることで、前回は恍惚《こうこつ》としていた。これだけの美人で色気もある年上の女が俺の所有物であると見せつける行為に、悦《えつ》に入《い》っていたのだ。

こいつはどれだけ誇りを穢《けが》され、心が傷ついたのかなど微塵も考えなかったたな。

だからこそ、今回は考えるように、そして二人には綺麗な体のまま幸せに……と誓ったはずなのに、こうして前回と変わらず街を歩くにもソードは必ずついてくるし、今後は学園にも『使い魔』的な立ち位置で俺の傍に居ることになる……いや、何のためのループだ？　何も変わってねえ。

「ったく……」

思わず舌打ちした。

親父や兄貴との関係は何だか改善されたんだが、肝心のこいつらがな。

(うぅ～む……相変わらずの真人間になった坊ちゃま……それはそれで優しく可愛らしいのだが……やはりスケベなことをされないのは寂しい。何だかんだで小生は未だに処女……早く犯して尻を粗暴に引っ叩きながら乱暴に色々とツッコんでもらえないだろうか？　夜に全裸首輪で、尻に剣の柄を挿《さ》して尻尾のようにして四つん這いになりながらの散歩とか、公園で犯していただいたときや、放尿を思い出しただけで……うぇへへ♥　よ～～し～～～えい♥)

うぐっ!?　なんかソードが急に腕組んできて谷間に俺の腕を……というかくっつきすぎ……

「坊ちゃま……ムラムラされたのなら小生を存分にお使いくだされ。あそこに宿屋も丁度ありますので休憩も！」

「だ、だから俺はそういうことは……」

ぬわあああああああああ、慣れ親しんだはずの巨乳うぅぅぅう！　煩悩ぅぅうぅう！

にしても、こいつやっぱり前回と明らかに違う。

「小生は乳房の大きさや形には自信があります。坊ちゃまのアソコを挟んでもよし、坊ちゃまが乳首を舐めて吸ってもよし、何でもアリでございます」

「ッ?!」

「どうでしょうか？　小生の乳首をちゅぱちゅぱと――」

「だ、だから、やらないってのぉ（吸いてェ、舐めてェ！　だけどダメだ）!!」

「むぅ……そうですか……」

まさか俺に惚れている？　だが、惚れられる要素がまったく思い浮かばねえ。

そして何を考えているかも読めない。

（くぅ、チ×ポが反応しているのは丸分かり！　やはり抱かぬ抱かぬと言いながらも体は正直でありますな、坊ちゃま。どうすべきか……もういっそのこと小生から押し倒すか？　いや、小生は坊ちゃまの方から荒々しくされたいのだが……いや、小生から坊ちゃまを犯して覚醒させるというのも……いかん、よだれが……落ち着け小生……今日は坊ちゃまイベントがある日だ！　ふふ、もうマ×コが濡れてパンティーがぐしょぐしょだ♥　まぁ、すぐに脱がしてもらえるのだから大丈夫♥）

思えば、俺はこいつらを奴隷として扱って一緒に過ごし、何度も肌を重ねたが、こいつら自身のことを実はよく知らないんだよな。経歴的なのは知っているけど。

特に俺の家が没落し、こいつらが魔王軍と戦う勇者たちの仲間に入った後に、どういうふうに過ごしていたのか、ほとんど知らない。

そうなると、何だか別の思惑でもあるのではないかと勘繰ってしまいそうになるのは、俺がまだクズ野郎だからだろうか？

いずれにせよ……

「今だーーっ！　攫《さら》え！　やっちまえ！」

「「「「おう！！！！」」」」

っと、来たな。

一応この出来事は前回通りだな。

「なんだーおまえらー（棒読み）」

「あぶないー、ぼっちゃまおさがりをー（棒読み）」

前回の世界で、ソードを連れて街を歩いていた時に俺を誘拐しようとした連中。

まさに同じように現れたか。

十人ぐらいのチンピラ連中。

前回はソードが瞬殺したんだけど……

「せっかくだ、返り討ちにしてやるよ！　ソード、お前は下がってな！」

「えっ、ぼ、坊ちゃま!?」

丁度親父と兄貴に新しい技を叩き込まれたばかりなんだ。
実戦で試したいと思って、実はひそかに機を窺《うかが》っていたんだ。

(え!? 坊ちゃま自ら!? え、違う! 前回と! 前回は小生が華麗にこやつらを蹴散らして、そのまま坊ちゃまは小生の尻を弄って、よくやったというご褒美で宿屋の部屋に連れ込んでたっぷり濃厚に乱暴にしてくれたというのに……こ、これでは! また坊ちゃまメモリアルイベントが潰れてしまう!? うぅ、坊ちゃま……小生はもう一日10回オナニーしても我慢のできぬ身体でありますぞ?!)

——蒼炎。

(坊ちゃま、小生はこのままでは悶々としすぎて悶死してしまいます!)

——心は熱く、しかし安定。

「蒼炎拳ッ!!」

「「「——ッ!!??」」」

それを解き放つ。炎の拳に変えて。
まさに、瞬殺。

「お、おぉ……坊ちゃま……お、おみ……ごと……ぐすん(うぅ、朝は入念に尻の穴まで綺麗にしたのに……これで何もなし……)」

「けっ、歯ごたえねえな。テストにもなりゃしねえ」

そこらのザコ山賊にも劣る相手。だが、自分自身に手応えは感じた。

そして、この力はまだまだ練り上げられる。前回は知らなかったコツを掴んだからな。

前回は世間知らずの井の中の蛙《かわず》だった俺も、意外とこの世界ではやればできそうな気がする。

ただ、何でソードは少し残念そうなんだ？

「おい、何の騒ぎだ？」

「しっ、軍総司令の子息……次男の方だ……」

「え？　喧嘩か？」

「さあ、何だか急に……」

「やだわ……お兄様は素敵な方なのに……あの方は……」

と、何だか周囲の連中からゴニョゴニョコソコソとあまりよくなさそうな声が聞こえてくる。

そういや、俺は今のところこの国での評判は最悪だったな。

この状態で学園生活か……どうしよう……

「ぐっゥ、う……くそぉ……」

と、そのとき、誘拐犯どもが呻き声をあげた。まぁ、立てないだろうけど。

そういや、こいつらこの後どうなったんだっけ？

とりあえず騎士団に来てもらって捕まえて――

「すま、ねぇ……ロリィ……父ちゃん、おまえに、はらいっぱい食わせ……うぅ……」

そのとき、誘拐犯共の身なりを見て、俺は前回気づかなかったことに気づいた。

こいつらが持っていた武器的なのは剣とかそういうんじゃなく、安物の小さなナイフとか。

服もボロい上に汚ねぇシロモノで、いかにも貧民て感じだ……

――えへへ、お兄ちゃん、お腹いっぱい食べていいよ！　ううん、私お腹空いてないからへっちゃらだよ！

何だか、不意に思い出した……。

「……何の恩も返せなかったな……」

「ん？　坊ちゃま？」

前回に俺が泣かされた……自分がみっともなくて、情けなくて、それを分からせてくれた出来事を思い出した。

そうだな。

あいつにも、あの人たちにも、腹いっぱい食わせてやりてぇ……って、つい最近、マギナを1億で買う無駄遣いをした俺が言うことじゃねえが……。あの村まで行くのも結構時間かかるし、どうにかして算段をつけねえとな。

「うぅ……ぐぅ……」

「………」

ただ、それはそれ。俺を攫《さら》おうとした誘拐犯共に何の同情も温情もかける気はない。

むしろ、こんな奴らを見逃す方が治安的にアレだろう。いや、別に俺は勇者とかじゃないんだが、ここは模範となる貴族として……いや、俺自身はかなり嫌われてるけど……

「ああ～～～～～、もう！」

もういい。メンドクセエ。

悪党なら悪党らしくして、同情引くような泣き言呟くなよ……。

「何の騒ぎだ！」

「道を開けろ、ッ……これは……ケンカか？」

「ぬぅ……何人も……おい、そこのお前がやったのか!?」

「……いや、待て！　お前たち、そちらの……方《かた》は……」

そして騒ぎを聞きつけ、ようやくゾロゾロと帝都の見回り騎士団の連中がやってきた。

前回はこいつらに後のことはまかせて、俺はソードのスカートに手を入れて尻を撫でながら宿屋に入ったんだったな……だけど今は……

「これはこれは……ハビリ坊ちゃん。何やら騒ぎがあったようですが……」

「……ああ……ただのケンカだよ。なんかイライラしてたからチンピラを全員ボコボコにしちまってな。やりすぎたからこいつらを手当てしてやってくれ。後は話を大きくしたくないから、親父にお願いして慰謝料なり口止め料なりで示談にしたい！」

「……はぁ？」

あぁ～、くそ……俺は何をやってんだか……

「ちょっ、は?!　坊ちゃま、何を仰《おっしゃ》るのです！　こやつらは坊ちゃまを――」

「うるせえ、ソード！　黙ってろ」

「し、しかし……」

「いいんだよ……」

誘拐犯を庇《かば》う……そんなことする必要もねえし、家族がいるなんざなんの言い訳にもならないけど……

「そ、それは本当でしょうか……ハビリ様」

「おお、そうだ。俺がボッコボコにやり過ぎた！」

思い出しちまったんだから仕方ねえ、あのことを。

「お、おい……おま……な、んの……」

そのとき、ぶちのめされた誘拐犯が戸惑った様子で俺の足を掴み、俺はかがんで囁《ささや》いた。

「いいか……俺もクズなんでクズができる最低限の情けはここまでだ……また金に困って俺に襲い掛かってきたら今度こそ容赦しねえ。まずは職を何とかするんだな。働いてねぇボンボンの俺が言うのも何だけど……」

「ッ、……なん……だと？」

「あと、今度から子供のことをワザワザ呟くなよな」

「ッ!?　……あ……あんた……」

あーあ、せっかく親父と兄貴から見直されたと思ったのに、これでまた元通りか……

ただ……

「すごい……強い……あんな人が居るなんて、やはり帝都はすごいな……それに……」

俺はこのとき、まだ「本来の流れを変えること」の重さを……

「それに……すごいカッコよくて優しい人……♥　っていけない、だめだよ。私は……ううん、僕は『男の子』として今日から帝都で過ごし、そして勇者を目指すんだから！　誰かに見惚《みと》れている場合じゃない……明日の入学試験、絶対に通ってみせるんだから！　天国で見守っていてね……兄さん……兄さんの目指した勇者に僕がなってみせる！」

まったく理解してなかった。

それも知らずに、俺はついに運命の明日を迎えてしまう。

ちなみに、真相はソードの口から親父と兄貴に熱弁されてしまい、それはそれで怒られた。苦笑されながら……。


魔法学園入学試験日。

ようするに後輩が入学してくるわけだが、この日は結構憂鬱だな。

俺にとってはトラウマものの恥をかかされた日でもあるしな、当然か。

「お、おお、これはこれはハビリ様、おはようございます」

「ハビリ様も新入生の様子を見に？」

今日は入学試験日なので授業は休み。

「まーな」

だから生徒で学園内に居るのは試験のサポートをする生徒、部活動の関係、そしてそれ以外は俺のようにこれから入ってくる後輩たちの品定めをしてる連中だ。

特に新入生の中には俺と同じように貴族の中でも上の階級だったり、中には他国の王族関係者だっているから、入学する前に様子を見て、後々のコネクション作りとか色々な目的がある。

で、俺は前回は「イイ女いねーかなー？」みたいなノリで冷やかしに来ただけだったが、今回はちゃんと「勇者の様子を見る」という目的で来ている。

「うわ……スポイルド家の彼よ……」

「しっ、目を付けられると犯されるわよ？」

「ほんと嫌よね……あんな綺麗なお姉さんも奴隷として引き連れて……最低……」

「ちょっと、声……」

聞こえてるよ。

俺の評判は二回目の人生でも相変わらず。

顔色を窺《うかが》うようにおべんちゃら言ってくる奴らや、なるべく目を付けられないようにと距離を取る連中。

まぁ、俺がループしてきた時点で、既に俺の学園内での評価は色々と手遅れ状態だったからな。

とはいえ、勇者たちやこれから入ってくる後輩たちは別。

せいぜい、前回のようなことにならないようにしないとな……。

なにせ、これから出会う奴が俺の人生やら、ソードやマギナの人生を大きく変えるんだ。

（ふむ……何だかんだで今日を迎えてしまったな……未だに小生も処女のまま……だが、いかに坊ちゃまが真人間になられたとはいえ、既に学園での評判は低い様子。そして、今日ここから最低になるわけだが……果たしてどうなるのだ？　ただ、どうなったとしても、坊ちゃまには小生がおります。小生の乳と尻で存分に甘えさせて差し上げますぞ？　……と、言いたいところだが、小生自身も気をつけねばいかんな。なにせ今日は、あやつらと……『ネメス』たちと出会う日。あやつらの勧誘に乗らぬよう、気を引き締めねば。小生は生涯坊ちゃまの奴隷。しつこいようなら、マギナを差し出すとしよう。あとは、真人間になられた坊ちゃまが、どのような行動に出られるかだが……？）

脅威の新入生。

奴らは『奇跡の黄金世代』と呼ばれて、学生の身ながらこれから多くの伝説を作り、帝国の、そして世界の希望となる。

いずれはソードもマギナもそこに加わる。

俺は最初そのことを何も知らずにあいつに喧嘩を売り、で、結構痛めつけたんだがその後であいつは眠れる力を覚醒させて……

ま、今だからこそ分かる。俺がどれだけみっともねえ奴だったかってことをな。

だけどこのループした世界ではもうそんなことはしねえ。

居並ぶ受験生を眺めつつ、口元を引き締める。

俺は心を入れ替え、努力し、真人間として勇者たちの邪魔にならないよう、生きるのみだ……。

「では、入学試験を開始する……と言いたいところだが、まずは試験前に受付でのチェックを行う。これに通過できねばその時点で失格となることを心得よ！」

そうして、学園の校門前で早速試験……というか、恒例の足切りが始まった。

「受付でのチェックは至極簡単。こちらに『マナの剣』というものがある。見ての通り、この状態では刀身のないただの剣の柄《つか》だけだ。だが、ある一定の魔力量の者がこれに魔力を込めると……！」

試験官の教師が早速、選別方法をデモンストレーションしてる。刀身のない柄に魔力を込めて魔力の剣を生み出してみせていた。

これは一定の魔力量と魔力のコントロールができなければならない。

ここは大陸全土より選りすぐられたエリートのみが在籍できる最高峰の魔法学園。

つまりこの程度のことすら入学前にできない奴らは、門前払いということだ。

前回、この時点で俺は平民だった『あいつ』に難癖付けて喧嘩を売って決闘して、あいつはそれで試験を受けられなくなったんだが、その時の戦いぶりが認められて特別合格という超法規的措置が取られたんだった。

だが、今回は俺は余計なことをしないので、きっと奴は自力で――

「受験番号３０３番、ネメス・コワイカー……失格！」

「……ん？」

これは、聞き覚えのある名前……

（うぇ!? ちょ、ネメス殿!? え?! な、何をやって……）

ん？ よく見ると誰かが試験官の前で蹲《うずくま》ってるぞ……!?

「そんな……うぅ……僕の夢が……うう……！ お願いです、もう一回やらせてください！」

「ダメです。規則ですので、どうぞお帰りください」

「そんな、僕は……僕はどうしても勇者にならないと、勇者になりたいんです！ どうかチャンスを！」

「やかましいですね、誰か連れ出しなさい」

「そ、そんな、やだ、僕は勇者になるんだーーーー！」

何か落ちた奴が揉めてるみたいだけど……アレ？　うそ！

「はっ!?　え？　なに？」

アレ……勇者だよな！

奇跡の黄金世代の筆頭で、これからいくつもの伝説を作り出す、『神童勇者・ネメス』だよな?!

なんであいつが失格してんの!?

（ばかな、何故ネメス殿が失格に……ん？　いや、待て……そもそも前回は――あっ！　そうか、前回は坊ちゃまが……）

そういえば、あいつと決闘したとき、最初は俺の圧勝モードだった……だけどあいつは追い詰められ、追い詰められ、そこから眠れる力みたいのを覚醒させ……あっ！

ちょっと待て、今回俺がそれをやらなかったから……じゃあ、あいつはこの時点、覚醒前の時点では試験どころか受付すらパスできないレベルだったってこと？　いや、確かに最初は弱かったけど、これほどダメだった？

「へ、へへ、みっともなく喚《わめ》いてるでやんすねぇ、あいつ。格好も平民みたいですけど、ほんと嫌ですよねえ～、ハビリ様」

ちょっと待て……じゃあ、このままあいつが学園に入学できないとなると……ちょっと待て！

これから先、学園に襲い掛かる脅威とか、魔王軍のアレとかアレの襲来とか、あいつ抜きで直面することに……それはまずい！

「そこおおおお！　ちょっと待てえええええ！　そいつは失格させるんじゃねぇぇぇえ、うおおおおおおお！」

「ふぁ!?　坊ちゃま!?」

「ハビリ様!?」

ヤバい！　もしこのまま勇者が居なくなったら、俺の所為《せい》で本来救われるはずの命とかも何もかもが全部分からなくなっちまう。

その未来を再び守るためにも、何としてもあの勇者の失格を取り消さなければ！

「うおおおお、異議ありいいィ！　その失格異議ありだぁぁあああああ！」

校門前には受験生たちが列を作り、失格になった奴らは無理やり追い出されている。

その中に、涙を流してジタバタしている、未来の勇者であるネメスも居る中、俺はとにかく喚いて駆け込んだ。

「……ハビリ・スポイルド……何か用かね？」

俺が駆け付けたことに一瞬眉を顰《ひそ》める教員。

そして涙目のネメスは何やら俺を見て……

「あっ……この人は……昨日の……」

呆然としながらブツブツと何か言っている。

だが、とにかく今重要なのはここでネメスを失格にさせないこと。

何故ならネメスが居なくなると、魔王軍との戦い以前に、今後学園に押し寄せる色々なアレとかコレとかで大げさでなく生徒たちが死ぬかもしれない。

それを避けるためにも、前回のようにこいつを覚醒させなければ。

つまり、前回と同じように……

「えっと……わはははははー、っと、そこのお前は平民かーここはお前みたいな平民のクズが入るような場所じゃないんだ、お前みたいな世間知らずの田舎者には試験を受ける資格もないんだー（棒読み）」

こんな感じだったはず。そして前回はこれに反論……

「うっ!? うぅ……そんな……」

あれぇ？ なんか前回と違ってネメスは心底ショックを受けたみたいな顔で膝をついて、ガックリと項垂《うなだ》れて……あれ？

「あ～……だから彼はもう失格で、今からお帰りいただくわけだが……」

当惑した顔で教員が呟く。

って、マジか!? 失格になった後と、失格前とではここまで流れが違う？

「僕には……受験する資格すらない……うう、そんな……」

って、本当にこのまま失格で諦める流れに!?　いやいや、それはまずいぞ！

「ば、バカ野郎、男なら落ち込んでねえで、むしろ何くそと思って足掻いてみろぉぉ！　資格も丸も三角も関係あるか！」

「……ふぇ？」

気づけば、俺は項垂れるネメスの胸倉をつかんで、顔を上げさせていた。

「……ん？　お、おい、ハビリ……何を？　え、どっちなんだ？」

うん、俺の意味不明な言動にネメスも教員たちも、他の受験生までキョトン顔だよ。

「いいか、それでももし資格が必要だっていうなら、勇者になりたいという心意気さえあれば、それでいいじゃねえか！　なぁ、先生よぉ！」

「……いや……試験だからそうはならんが……」

「ぐぬぬぬぬ、この頭でっかちがぁ！」

俺も何してるか分からねえけど……

「この学園は何のために存在している！　俺なんて授業をサボってる、ヤル気もねえ問題児！でも、家が貴族だからというだけでこの学園に居ることができる。貴族の子供を育てるための学園か？　違うだろ！　帝国のため、人類のため、ヤル気のある原石を磨いて未来の勇者を育てるためだろうが！　頭固くしてんじゃねえ、心の広さを見せやがれ！」

俺がここで何とかしないと、人類は詰む！

「と、とにかくだ、う、受付失格がどうした！　勇者ってのはなぁ、そういう試験とか細けぇ枠組みに捉われない八方破れな奴がなるもんだろうが！　諦めるんじゃねえ！　お前ならできる！　お前の力を俺に見せてみろ！」

「……あ……」

「夢を諦めるな、捨てるな、立ち止まるんじゃねえッ！　人類はお前の目覚めを待ってんだぞ！」

「夢を……諦める……な……」

「お前は人の希望に、世界の希望に、人類の希望になるんだろうが！　たとえ教師が否定しようとも、何度でも俺は言ってやる！　お前ならできる！」

「ッ!?　僕、なら……」

ってていうか、何で俺が勇者を励ましてんだよ。俺を底辺に叩き落として、さらにはいずれはソードやマギナを寝取る奴を……いや、幸せにしてもらうのはいいんだけども……

「あ〜〜もう、決闘だ！　さぁ、俺に向かってこい！　俺にお前の力を見せてみろ！」

「え、あ、いや、で、でも……え？　な、なんでいきなり決闘なんですか?!」

「一体何なんじゃ？　スポイルド家の次男は何を……」

「学園長……その、どうやら彼が失格した受験生を鼓舞《こぶ》しているようで……」

「ううむ……先ほどから何やら熱い言葉を吐き散らしておるが……彼、ああいう子じゃった

か？」

「わ、分かりません……試験休み期間中に何かあったのでしょうかね？」

くそぉ、俺もこれまでの俺なら言わないようなことを叫んでいるから何だか恥ずかしい。

（坊ちゃま……何だか少し流れが変だが、一応前回と同じく決闘に……しかし、前回は明らかに平民であるネメス殿が気に喰わないという形で決闘されていたが……今回はネメス殿の失格を阻止しようとしたようにも見えたぞ？　坊ちゃまはネメス殿の才能を既に承知しているのか？　いったい何故？）

駆けつけてきたソードもポカンとしている。

だが、とにかくやるしかねえ。

「おら、来いよ！」

「で、でも……」

「でもじゃねえ！　じゃねえと、こっちから行くぞォ！」

「ッ!?」

とにかく、テキトーにこいつを痛めつけて怒らせればどうにかなるはずだ。

「おりゃああ！」

「ぐっ、そんな、ま、待ってくださ、どうしてあなたは――」

「魔王が攻めてきてもお前は待ってくれと言うのか！　それとも勇者になりたいってのは口だけ

か！」

「ッ!?」

とりあえず飛び蹴りをかましておく。これでもうやるしかないだろう。

するとネメスも訓練用の木剣を鞄から取り出して、ようやくやる気に。

「違います、口だけなんかじゃありません！　魔法は苦手ですが……剣なら！」

「おお、来いよ！」

「疾風斬り――――」

ただ、問題なのはこれからだ。

確かこいつはこの時点ではダメダメの弱々だった。

だけど、俺が執拗に罵倒してイジメたら、怒りやら何やらをキッカケに覚醒したから……くそ、何か意識してやろうとすると結構メンドクサイし恥ずかしいな……

「おるぁ！」

「ごふっ！」

膝蹴りを腹に叩き込む。それだけでこいつは簡単に膝から崩れ落ちた。いやマジに弱いな。

「さぁ、見せてやる！　これがスポイルド家の炎の力……ファイヤーバースト！」

「ッ、な、なんという熱量!?」

「どうだー、これが選ばれた貴族の力だー（棒読み）どうした、田舎者！　お前はこれからもっと大きな力に立ち向かおうとしているんだ！　こんなものに怯《ひる》んでるんじゃねえ！」

蒼炎はマジで危ないから普通の赤い炎にセーブして、見せつける。

（ッ?!　坊ちゃま……蒼炎ではなく……やはり、坊ちゃまはこの決闘でネメス殿を倒すつもりはない？　むしろ……というか、坊ちゃま……演技下手過ぎぬか？　明らかにネメス殿を鼓舞しているようにしか見えぬぞ……）

さぁ、これに立ち向かってお前は勇者の眠れる力を覚醒させて……

「うぅ……僕じゃダメなのか……こんなすごい力、とても……」

「ん？」

「今までどんなにキツイ修行にも耐えて……村の大人たちとだって頑張って手合わせして……でも、これが本当に選ばれた貴族の力なんだ――」

「って、心折れてんじゃねえええええ！」

ダメだ。最初に受付の足切りで「失格」を言い渡されていたのがよほど精神的にダメージが大きかったのか、前回は立ち向かったことに対して、今回はすぐに心が折れやがった。

くそぉ……

「夢を……簡単に諦めるんじゃねぇぇ、もっと熱くなれよぉ！」

「……え？」

とにかくネメスにここで居なくなられたら困るので、俺はネメスの胸倉を掴んで無理やり立ち上がらせて叫んでいた。

「いいか！　貴族だとか平民だとか、そんなの何も関係ないんだよ！　貴族なんてひと皮むいたらクソみたいな奴だっていくらでもいる！　生まれた血筋だけでエライと勘違いしてやりたい放題やって、権力に物を言わせて他者を虐《しいた》げる……そういう奴らにお前は屈するんじゃねえ！」

「あ……あの……」

「何よりもお前はお前の夢のため、ここで屈していいのかよ！　諦めたらそこでお前の夢は途絶えるんだぞ？　まだ、走り始めてもいないうちに、諦めるんじゃねえ！　足掻いてもがいて、人の希望になって世界を救う勇者になってみろ！」

だからさっさと覚醒して試験合格しろよ～～と、心の中で叫びながら俺はネメスの肩を掴んできちんとその場に立たせる。

「お前ならできるって、俺に何度言わせるんだよ」

すると、ネメスはどこか泣きそうな顔で俺を見上げ……

「……ッ……どうして……」

「あ？」

「どうして……今日、さっき会ったばかりの僕にあなたはそこまで……」

そりゃそうだよな！　実際俺たちは今こうして会ったばかりなのに、いきなり「お前はできる」なんて言われても根拠がねえよな。

なんて答える？

俺はお前が勇者になると知ってるなんてこの場で言っても何の説得力もねえ。

だけど、何か言わないと……

「この学園は……選ばれたエリートが集《つど》うと言っても、入学してくんのは俺みたいな入学ラインをクリアできてるだけの貴族の七光りのバカ、それとコネクション作りしたいあざとい奴ら、将来の就職を有利にするためとか、そういうのが多い。真面目な奴でも目標としてるのはせいぜい騎士団に入りたいとかぐらいだ」

「え、そ、そう……なんですか？」

「ああ……だからよ……お前みたいな真っすぐな目で、小さな子供のように『勇者になる』と口にするバカは実はこの学園に居ないんだ……そしてだからこそ気になり……お前の奥底に眠る何かを俺は一目見て感じた……お前なら本当にやれる……そんな夢を抱いた。だからこそ、俺は信じてみることにしたんだ！」

はっずぅ！　はっず、はっず、はっずかしいいい！　俺、何言ってんだ？　自分でもなんか理由になってないというか、何を言ってるのかよく分からなくなってるし、しかもそうとう恥ずかしいことを言ってるんじゃないかと思う。

とはいえ、勇者は……

「あなたは……スゴイ人ですね……」

「あん？」

なんか、ネメスが顔を赤く、しかしなかなかイキの良い目で俺に微笑《ほほえ》んでくる。

「なんだか、胸が、身体が熱くなってきました。そうです……諦めず、屈せず、そして人の希望になる……それが勇者を目指す第一歩でした……僕の死んだ兄さんはそんな勇者を目指し……だからその夢を『私』は……」

「ネメス？」

「人を奮《ふる》い立たせることのできる力を持った人……あなたは強いだけじゃなく、そんな素晴らしい心を持った人です。尊敬します」

「い、いや、そんなことは……」

「だからこそ、私もあなたのような勇者になるためにも、立ち向かいます！」

色々勘違いされているけど……

「ありがとうございます、熱血な先輩♪」

「けっ、勘違いすんな。俺はただのかませ犬さ！」

キタアアアアアアア！　ようやく勇者の身体が光ったー！

「ねえ、ハビリくん……あんなこと言ってる……」

「普段の私たちに対しての態度と違う……」

「ひょっとして、ハビリ様は僕たちを……『つまらない奴ら』と思って冷たく接してたんじゃ？」

「うん……だって、私たち……魔法学園に入ったからって、勇者になろうなんてしてなくて……」

「でも、昔は僕たちも夢を抱いてた……勇者になって魔王を倒すと……でも、いつの間にかそんな想いは無くなって……」

「でも、彼は違う……ハビリくんはそれを見抜いて……」

「ひょっとしたら、ハビリさんも勇者を志《こころざ》して……そして、その勇者の仲間を見つけたのかもしれない……だからこそ、本当の自分を曝《さら》け出したんじゃ……」

「じゃあ、アレがハビリくんの本当の姿……」

おおおおおい、在校生どもぉおおお、なんかとんでもない勘違いをしてねーーかァァ!?

なんか、俺に対する視線がだいぶ変わってきている気がするが？

まぁ、今はそんなことはどうでもいい、今こそ見せ場だネメス！

「よーし、くらえー、ふぁいやーばーすとー（棒読み）」

「うおおおおおおおおおおおおおおおおおお！！！」

「なにーおれの炎がかきけされただとー（棒読み）」

よーし、でかい光！　これで俺の魔法はかき消される。

見たか、センコー共、これが勇者の力だ！　さらにここからもっと光るんだぞ！

「何じゃこの力は！　あの少年から……ハビリ・スポイルドが引き出したのか!?」

「学園長……こ、これは……」

おうおう、教員たちも驚いている。これでネメスは問題ないだろう。

さあ、ココから更に爆発的な力を見せつけろ！

「こ、これが僕の力？　僕にこんな力が……」

あ～良かった。これで歴史通り――ん？

「おい……もっと出せるだろ？」

「え？　何を……今のこれでも僕にとっては信じられないぐらいの力なんです！」

それは、確かに覚醒の光だった……ただし……俺が前回味わったのよりも数段しょぼいように見えるんだが!?

いや、間違いなく、前回よりも遥かにしょぼい！

「すごい……あの受験生の子、一体……それに……」

「ハビリくんが引き出したのね……」

「分からない……でも、彼もすごいし……ハビリ様も……」

「……素敵♥」

そう、確かに何も知らなければ、今のでも十分な力を感じるんだ。

だけど、これじゃねーんだ！

こいつはもっとすごかった。

特に、ブチ切れた時の……ブチ切れ……ん？

（坊ちゃまあああああ!?　悪逆非道な坊ちゃまはどこに!?　何か坊ちゃまが真人間通り越して熱血に!?　ただ……その結果が……コレとは……）

前回はブチ切れて超ヤバ覚醒だったのに……今回は切れずに何とか引き出された光みたいなもんで……つまり……

（ネメス殿から溢れる魔力……前回よりも明らかに劣っている。こんなもの、チン滓《かす》レベルではないか！　いや、ネメス殿にはチンは無いのだが……小生たちもしばらく気づかなかったから、知った時には驚いたな……って、そうではなく！　とにかく今の力では、魔法学園生徒の中では特筆すべきレベルではあるが、これでは魔王軍の六星魔将軍クラスを前にすれば瞬殺されるレベル！　というか、今のネメス殿など小生でも片手で倒せるぞ？　こ、これは……まずいのではないか？）

覚醒が中途半端で勇者が前回より弱くなってるッ!?

「わぁ！　すごいなぁ！　あの子……それに、珍しいものも見ちゃった！　ハビリったら、最近になって心を入れ替えたって本当だったんだぁ……熱いなぁ」

「すごいわね、あの子。あれほどの力を秘めていたなんて。それをあんな下手くそな演技で鼓舞して引き出すあの男……その辺のザコとは違う……不器用だけど、面白そうな男ね」

「主よ……ご覧ください。ここに希望が……二人も」

色々と面倒だったが、とりあえず前回と同じように、俺はネメスの力を引き出せたようだ。

俺の生み出した赤い炎がネメスの光に飲み込まれて砕けた。

だけど……不安しかねえ！

「こ、これが僕の力……」

ネメスも知らなかったようで、自分でも戸惑っているようだが……今は本当にこれが限界のようだ。

どうする？

こいつはもっともっとヤバかったのに……だけど、今は……ええい、仕方ねえ！

「やればできるじゃねえか……最初からやれよ」

「……ッ……あの……せ……先輩！」

先輩……そんな風に呼ばれなかったよな？　前回はこの一件以来、学園で俺のことは呼び捨てになったし。

まあ、そこはあんまり大きな意味は持たないだろうし……

「おい、先生方よぉ」

「ぬっ……」

「こいつは随分ととんでもない力を持っていたようだ。コレを本当に失格にしていいのか？」

「う、そ、それは……しかし……」

そう、とりあえず今はこいつ本来の力を引き出すより、まずは失格を取り消すことが先決だ。

「だ、だが、規則は規則だ。既に彼は失格を言い渡されている……ここでやはり合格ということにすれば、既に失格になって帰された受験生たちに不公平だ……」

「ああ？　メンドクセーなオイ！　ったく、学園長！　あんたも見ただろう、今のこいつの力を！」

「ぬ、むぅ、そうじゃが……しかし……確かにこれでは……大体何故君が……」

「おいおいおいおいおいおい!?　学園長まで何でそんな反応なんだよ!?」

あれぇ？　前回はここで超法規的措置で合格になったのに、今回はそうはならない？　一度失格になってるから？

「何言ってんすか！　規律？　不公平？　この世が公平だったことなんてあるのかよ！　家柄だって才能だって皆バラバラだろうが！　大体、こんな受付がそんなに重要かぁ？　ちゃんと実力示した奴が選ばれないなんておかしいぜ！」

だが、それは困る。いや、こいつを入学させないと、教職員も生徒もろとも数ヶ月後ぐらいに全員死ぬぞ？　だからこいつだけは何としても……

「うふふふ、試験を軽んじるのはダメだけど、ハビリがそこまで熱く説くなんてビックリだな～」

「「「「ッッッ！！！？？？」」」」

「でも、確かに彼をそのまま失格にするのは惜しいって私も思うよ？」

そのとき、仰々しい騎士の一団に囲まれて一人の女が現れ……嗚呼《ああ》、そういえば前回も居たような……

「こ、これは！」

「なんと……トワレ姫ッ!?」

その圧倒的な存在感、神々しいオーラ、そして微笑むだけで老若男女問わずに顔を熱くさせる美貌。

エメラルドの長い髪を靡《なび》かせ、その美しさと併《あわ》せ持った豊満な胸と尻……まぁ、ソードやマギナほどではないがな。

この帝国のお姫様にして、『奇跡の黄金世代』の一人。

俺より一歳年下で何度か貴族のパーティー的なので関わりはあったが……ある日を境にあんまり話もしなくなったし、お姫様も俺を避けるようになったりしてた。まぁ、俺もこんなんだから無理もねえけど。

——ほんと情けないよ……カッコ悪いよ……君は恥ずかしくないの？

そんなことも言われたしな。

だが、今日は初めてなんじゃないかと思うぐらい、俺にニッコリ微笑んで、そしてポカンとしているネメスの傍に。

そういえば、このお姫様はネメスに惚れて、無理やりネメスのクラスに権力駆使して編入してアプローチしてたんだよな。

俺の知る限り、ハーレムなんじゃねえかって感じで、最後はお姫様含めて皆がネメスの周りに居たような気もするが……

「我が国の、そして将来の人類の未来を背負う若き才能の様子を窺いに来たんだけど……うふふ、面白そうなことをしていたから、最初から見てたよ。ハビリとこちらの彼のことを。教職員の皆さんの言うように規則や試験を軽んじるわけにはいかないけど、ハビリの言う通りそればかりに固執して、磨けば光る黄金を門前払いというのも融通性が無いと思うの」

「ひ、姫様……し、しかしそれではどうやって……」

「ですので、こうしましょう。今日受付を通れなかった方々にはセカンドチャンス……すなわち、敗者復活試験を追加ってことで！」

「は、はい？」

おっと、こういう流れになったか！　そりゃ、このお姫様は「生前」から甘いところもあったし、勇者の女になるぐらいベタ惚れしてたっぽいし……そういえば……このお姫様のこと、どうしよう。

（おお……トワレ姫……流石《さすが》の小生もこの方を見ると、色々と感慨深いものがあるな……前回……『あんなこと』があったからなおさら……）

このお姫様、前回はネメスに惚れて魔法学園に無理やり編入し、その後に他国の魔法学園との対抗戦とか、姫様主催の学園イベントで大活躍し、ネメスと一緒に奇跡の黄金世代と呼ばれるようになるけど、その後に学園を襲撃してきた魔王軍に襲われ……

……死ぬんだよなぁ。

（小生だけでなく、マギナにとっても、ネメス殿たちにとっても、痛ましい事件だった……もっとも、あの悲劇と悲しみを乗り越えて、ネメス殿は更なる力を得たわけだが……）

ある意味、そこから色々と変わるんだよな。

親父や兄貴のことにも直結して。

だから今回は……

「そうだね～、うん追加試験の日時は――」

「いやいや、姫様、そ、そのようなこといきなり――」

「でもね、まだまだ彼以外にも惜しい才能はいるかもしれないでしょ？」

この姫も生かして……アレ？　でも、そういう障害やらを乗り越えてネメスたちは強くなって、色々と救ったり守ったりして大勢の人が助かるんだから……ん～？

何だろう……多少なりとも先のことが分かっている所為《せい》なのか、俺が余計なことをしないままのほうがいいかもしれねえし、余計なことをしようとすると、俺自身が結構面倒なことをしなければならなくなるんじゃ……？

でも、親父と兄貴の件だってどうにかしたい。

最近少しずつ仲も改善されてるような気もするし……

「というわけで、ハビリも良いよね？」

「え……え?!　あ、いや、え？」

「んもう、ハビリは聞いてなかったの？　だからね、一週間後に足切り失格生徒に再度チャンスを与えるってことで決まったからね。これも、君が試験官たちですら見抜けなかった眠れる才能を見出してくれたからだよ♪」

俺が考えている間に話が決まったようで、姫様はニッコリ微笑んで俺の肩をポンと叩いた。

そして、俺の顔をジッと覗き込んできて……

「んふふふ、何だかハビリの印象が変わったかな？　前までのハビリはちょっと苦手だったけど……今日のハビリは、うん、イイな～って思った」

「そ、そうすか……」

「あのね、君のお父さんやお兄さんも、何だか君のことを話題に出しててね、私もちょっと見てみたいな～って思ってたの。うん♪　君を見る目がちょっと変わったかな！」

そう言って、どこか嬉しそうに姫様はニコニコしながら行っちまった。

何だかこうして二人で話したのは久しぶりかな？

まぁ、再試験ってのは前回無かった展開だが、ここまでやればネメスも入学できるだろ。

「あ、あの、先輩ッ！」

「ん？」

すると、ネメスが何か決意したような表情で近づいてきた。

「その、急にこんなお願いをしてご迷惑なのは重々承知ですが……どうか僕を――」

――へ？


「――というわけだ……再試験に合格するまで、こいつが居候《いそうろう》することになった」

「あ、あの、すみません……ネメスと言います！　僕……その……家が遠くて……それと一週間も宿に泊まるほど、その、お金も……あと、是非試験まで先輩に鍛えてほしくて」

というわけで、何故か未来の勇者ネメスが俺の家に少しの間寝泊まりすることになった。

「そ、そうですか……い、いえ、御主人様が決められたことに、私が口出すことはありませんが……」

急展開にマギナも戸惑っている様子だな。まぁ、いずれこいつらは仲間になるんだから今のうちに仲良くさせても問題ないだろ。

（あれぇ？　御主人様、どういうことでしょうか？　本日はネメスと決闘してご主人様がボッコボコにされて、拗《す》ね拗《す》ねな御主人様に乱暴に朝までズコバコされるはずが……何故、ネメスがご主人様に懐《なつ》いているのです？　しかも居候？　え？　先輩？　御主人様が真人間になられたおかげでどういう展開に？）

敗者復活再試験は一週間後。ネメスにお願いされて、それまでウチに居候させるという展開になってしまった。

まぁ、合格すれば学園の寮に入れるからそれまでだろうが、いずれにせよこいつが俺の家に居候なんて展開はまるで予想してなかったし、考えられなかったな。

あと、少し懐かれているみたいだし。

とはいえ……

「まぁ、俺もゴチャゴチャ関わって変なことになったし、だから試験までの居候は構わねぇが……俺はお前を鍛えられるほどデキた奴でもないぞ？」

「え？　先輩……」

実際、こいつがこの後はどうやって強くなるかは分からねえし。俺自身も新たな魔法とかは感覚で覚えただけだし。

「ただ、ソードの戦闘力はエグいし、マギナの魔法もヤバいから……どうだ二人とも。こいつを二人で一週間鍛えることってできるか？」

「「え!?　わ、我々が!?」」

「わ、そうなんですか!?　でも、ソードさんは先輩の護衛みたいですから強いのだと思いますが……マギナさんもすごいのですか？　メイドさんなのに……」

そう、二人ならば俺よりももっと教え方も的確だろうし、強いし、何より未来の仲間。モヤモヤするが、ネメスは二人を幸せにする男みたいな立ち位置なんだから……

「ぬっ、少し違う。小生は坊ちゃまの奴隷だ」

「私はメスブタです」

「……うぇ？」

「ちょぉおおおい、二人ともだからそれはやめろとッ！」

と、そこで改まって真顔でソードとマギナがそんなこと言うもんだから、急にネメスが顔を青くして俺を怯えるように見上げた。

「そ、そんな……せ、先輩……そ、そういう……」

おっと、前回と違って関係良好になるかと思えば、雲行きが怪しくなってきた。

まぁ、そりゃそうか。平民のこいつからすれば、こういう権力を持った金持ちが人間に対して非人道的な行いをすることは、軽蔑と嫌悪と絶対に受け入れられない文化ってことで、〝前回〟も俺に文句言ってきたんだよな。

（ぬっ、これはまずい！　前回のように坊ちゃまの奴隷から解放されてしまう展開にはさせんぞ！　まだ始まっていないドスケベライフの未来のためにも！）

（御主人様とのメスブタライフを手に入れるためにも、もう二度とネメスに邪魔はさせません！）

前回はこれでネメスとソードとマギナの距離が縮まっ――

「勘違いしないでもらいたい！　小生は自分の意志で坊ちゃまの奴隷になっている！　それどころか小生は坊ちゃまにもっとスケベなことだってして欲しいのに、坊ちゃまは禁欲なさるという大事にされっぷり。さらに衣食住三食しっかり与えられる環境と、人道的な扱いに間違いなし！」

「私は御主人様のオモチャで肉便器になる豚な人生を送るつもりでした。しかし御主人様は私を人間として扱ってくださいます。私は何とか御主人様にもっともっと尽くして手を出されるために邁進《まいしん》中。これは私が望んでいることです。奴隷やメスブタという単語だけで妙な勘違いなどして、くれぐれも余計なことはしないようにしてください！」

あれぇ？　なんかもはや色々とまず過ぎるワードまで飛び出した上で、二人は身を乗り出してネメスに対して「余計なことすんじゃねえぞ」と言葉をぶつけてるが!?

「え、あ、あ～、そ、そう、なんですか……い、いえ、先輩が何も酷いことしていなくて、お二人も望まれていることなのでしたら、むしろ変な勘違いして、ご、ごめんなさい!?」

折れるな勇者ああああああああ!?

あれ？

なんかおかしいぞ？

今回は一回もヤッてないのに、ソードとマギナがやけに俺とエロいことしたすぎじゃねえか？

これってあれか？

手を出されないということで逆に色々と勘違いしてしまっているパターンか？

プライドのためとか、手を出されないことを逆に屈辱に思っちゃうパターンか？

「いずれにせよ、誤解が解けたのならそれでよい。あと坊ちゃまも仰《おっしゃ》っているし、修行なら小生も協力しよう（ネメスが強くならんと後々面倒なことになるからな）」

「ええ。私も魔法について色々とお教えしましょう（さっさと強くして、これから迫りくる脅威とかをネメスに排除してもらい、私は心置きなく御主人様にアプローチです）」

「あ……はい！　ありがとうございます！　僕、頑張ります！　よろしくお願いしますっ！」

いずれにせよ、まぁ……今はとりあえずこれでいいの……か？　分からんが、ともかくまずネメスに確実に合格してもらわんとな。

「とりあえず今日は遅いし、お前も色々と汚れちまっただろうから、風呂にでも入って来いよ。マギナ、風呂は？」

「ええ、ご用意できております」

「よし、来いよ、ネメス。俺も入る」

「はい、何から何までありがとうございます、せんぱ……え?!　お、お風呂？　ま、待ってください、せ、先輩、お、お風呂は一人で……」

「あ？　ったく、何だ～お前、恥ずかしいのか？　男同士で……ほら、めんどーだからさっさと脱げよ。マギナに洗濯してもらわないとだしよ」

「あ、ん、まってくださ、ちょ、あ――」

妙に遠慮するネメスを脱衣所に連行し、埃っぽい上衣を脱がせる。

風呂入ってサッパリして、明日から特訓だ。俺も参加してみるかな……俺自身もやっぱ強くなっとかないとってのもあるし……

「「あっ！！？？」」

って、何だこいつ……急にモジモジして……なんだ？

「お、お待ちくだされ、坊ちゃま！」

「御主人様、ネメスのお風呂は、お風呂は――！」

イライラすんな。たかが男同士で風呂ぐらい、さっさと服を剥いで……ん？

「いや、あん！」

ありゃ？　こいつ胸が……抵抗されてもみあってるうちに、こいつの胸に手が当たったら……柔らかい？

「ネ、ネメス……おま……」

「あ、あぅ……うぅ……先輩……」

胸を押さえ、顔を真っ赤にして涙目になりながら上目遣いで……こいつ……まさか！

「お前、脱げッ！」

「あ、だめぇ、先輩ィ～」

シャツを剥いだら、女モノの……白いブラ……こいつ、女装趣味なのか!?　勇者なのに!?　いや、これも個人の趣味ということで……とりあえずブラを剥いで……

「きゃあああぁ！」

これは……胸筋じゃない、ふくらみだ……！　大きくはないがプニッとして突起して……お、男もこういう胸に……？

「し、下も見せろッ！」

「えええぇ!?　いや、ダメぇ、先輩、その、言います！　ぼ、僕はぁ、実は僕はぁ～」

ズボンも脱がせると、こっちも上と合わせた白の女モノのパンツ。とりあえずそれも脱がせるとそこには……

「は……生えてねぇ……」

「ひっぐ、うう、ひっぐ……」

生えてない。毛も棒も……

「ない？　んなバカな?!　どっかに隠れてないか？　ほら、こう、んほら」

「ひゃぁぁあん、ちょ、あん、んわあああぁ!?　やだぁ、先輩指で、いじらな、左右にひろげな、やぁあああん！　引っ張らないでぇ！」

「どこだあああ！　隠れてないで出て来いいいィ！」

「いやあああ、ゆびいいいいいい、ほじくらな……せんぱいいいいい！」

「ほら、やっぱりチ×コあるじゃねえか！」

隠れてたチ×コが出てきた。ピンと勃起してい……いや……これ……チ×コにしては小さすぎる……ま、まさか……

「こ、これは、チ×コじゃなくてクリトリスか!?」

「ふぁぁ!?」

「ば、ばかな！」

ピンとしているピンク色のクリトリスっぽいものを指先で弄ってみる。

「ひゃぁ、あう、ああ!?　あうぅ!?」

この感触、この弾力……俺の良く知るクリトリス……ソードとマギナのを弄りまくり、凝視しまくった前回の人生からの経験でわかる……ばかな！

「あ、う、な、なにするんでしゅかぁあああ！」

俺にクリトリスを弄られて腰を抜かして脱衣所で尻もちつくネメス……まさか……いや、まだ分からねえ！

腰の力が抜けてガバッと開いて丸見えのパイパンマ×コに俺は再び指を伸ばす。

俺のフィンガーで確かめる。

ファックだぜ！

「もっとよく見せてみろぉ、オラオラオラオラオラオラオラ！」

「ちょ、んひィ、あ、んが、ぁ、あああああああああああ！！？？」

ピチャピチャと汁が出てきてる……間違いない……愛液だ……俺の中指に感じるこの滑《ぬめ》りと温かみとネチャリ具合……

「ぺろぺろ」

「ッ!?」

中指にこびりついた液を舐めてみた……間違いない……マン汁の味だ。

「ちょっと失礼……くぱぁ」

「ぎゃあああああ！！？？　せ、せんぱ……」

……これは……マ×コだ。

じゃあ、ココは大陰唇、ココは小陰唇……

「ぎゃぱああ、ゆ、まだ、ゆび、やめ、で、出る、なんか出ちゃいますぅううう！！！」

これで決定的だ……

「ぐっ、坊ちゃま……わっ！　ぐっ、うらやま……坊ちゃまの指でマ×コをいじくりまわされるなど！」

「嗚呼……御主人様……おそかっ……ッ！　何故私ではなくネメスが先に!?」

脱衣場に駆けつけてきたソードとマギナが頭を抱えて、なんか悔しそうに膝から崩れ落ちてた。

知らんかった……

「な、なんてこった……」

勇者ネメスって女だったのか……

「おしっこ!? ちが、でも、何か、何かこみ上げ、出ちゃいます！ あ、あう、だ、だめえええええええええ！！！！！ ……あぅ……はぁ、うっ、は、かはっ、あひぃ、うっ……あひぃいいいいいいいい♥」

そして、ネメスは盛大に潮《しお》を吹いた。

「はっ!? し、しま、お、俺は何を!?」

って、俺は何をやってんだ!? こいつが女かどうかなんて見たら分かるだろうが!?

「す、すまん、ネメス！ わ、悪気はなかっ……ワザとじゃな……し、信じられないかもだけど、すまん！」

「あ、う、うう……うぇ～～～～ん、ひどいですよぉ～、せんぱいのえっちぃ～～～」

思わず目の前にマ×コが出現して体が勝手に……ソードとマギナに対しては「罪悪感」が先に出るが、それ以外に対しては、体が勝手に、慣れた嬲《なぶ》りムーブを取っちまった……！ 俺はなんてことを!?

「僕には双子の兄が居て……幼い頃からずっと勇者を目指していたんです……。だけど、兄は病気で亡くなって……だからその夢を、僕が引き継ごうと思ったんです。でも、女の子では皆が特別扱いしたり、手加減したりしてきて。一方で女では勇者になれないとか言われて……そういうのが嫌で……」

だから性別を偽って、男のフリをしてたわけか……。

「おーそうだったのかー知らなかったぞー（小生も前回は驚いたからな……）」

「わーそうだったのですかーびっくりしましたー（こんなに早くこのことを知るようになるとは……前回は御主人様は知らないままでしたが、今回は知るのですね）」

なんか、ソードとマギナはあんまり驚いていないように見えるけど、俺は正直まだ頭が混乱している。

まさかこいつが女だったとはな……とりあえずそれは本当のようだし、事情は分かったけど……。

「お願いします、先輩！　どうか内緒にしてください！　お願いします！　僕、どうしても勇者になりたくて……僕、なんでもしますからぁ！」

そう泣き叫びながら、勇者がガバッと土下座した。

「……ぬっ」

「「あ？」」

女か……というか、何で気づかなかったかなぁ、童顔の美形とは思っていたけど、見れば見るほど女にしか見えねえし、胸やアソコの形も整って……って、俺は何を考えてんだ？

「ま……まぁ……言わねーけど……」

「先輩ッ！　あ、ありがとうございます、先輩！　えへへ、僕、本当に運がいいな……受付で足切りされた時、この世の終わりかと思ったけど、先輩に出会えて、鼓舞《こぶ》されて……こんなに優しくてカッコよくて……」

「「…………」」

「あっ、で、でもぉ、いくら何でもさっきのはひど過ぎます！　ぼ、僕の、あ、あそこ……ひ、一目見たら分かるのに、あんなに根掘り葉掘り調べるなんてぇ！」

かわいいな……いかん、思い出したら色々とムクムク……って、そうじゃない！

俺はもうそういうことをしないって決めたんだから、ここでブレるんじゃない。

ってか、こいつの言う通り、一目見りゃ分かる話であって、何故俺はあんなに……くそ、つい昔の癖で、女のアレを見るとソードとマギナを弄んだ時のように体と指が自然と動いちまうんだ
……って、言い訳になんねえし！

「うぐ、す、すまん……ほ、ほんとうにごめんなさい！」

「んもう……」

「もう、いっそのこと俺みたいなクソ野郎は去勢でも何でも――」

「え、いや、そこまでは「ぼっちゃまぁあああ！」「御主人様ぁああああ！」ひゃうっ!?」

と、そこでどうにか償おうとした俺にソードとマギナが血相変えて止めに入って来やがった。

「なりませんぞォ、坊ちゃまッ！　そ、それだけは！　そんな、きょきょきょ、去勢など、去勢した坊ちゃまなど、そんなもの、ルーのないカリーライスです！」

「そそそ、その逞しく雄々しき剣を失えば、人類にとってどれだけの損失か！　ネメス！　あなたも御主人様に言いなさい！　去勢などもってのほか！　もってのほか！　もってのほかああああああああ！」

「あ、あう、は……はい……せ、せんぱい……だ、大丈夫です。も、もういいですから、頭上げてください」

俺としては、いっそその方が……とも思ったが、やはり慈悲深い勇者だ。

こんなクソ野郎の俺にも情けを……まぁ、ソードとマギナの圧もすごかったしな……

「そうか……で、でも、すまなかったな、本当に。お前のマ×コを――」

「せんぱい～～～～～～！　もう、いいですからぁ！　はい、この話は終わりです！」

とにかく、勇者は女だった。もうそれだけで、特に問題は……いや……待てよ？

こいつ、前回は周囲に女を侍《はべ》らせてハーレム状態だったような……

「あー、ところでお前、男のフリしてたってことは……お前は女の方が好きだとか？」

「え!?　い、いえ、そんなことは……。ぼ、僕は、男性の方が好きというか……うぅ、先輩恥ずかしいからそんなこと聞かないでください～」

「……お、おぉ……そうか」

どうなんだ？　こいつが男でなくて女であることで何か問題は起きないのか……？　前回どうだったんだ？　姫様だけじゃなく、他の黄金世代もこいつに惚れてたよな？

アレはこいつが女だと分かっていた上で惚れてたのか？

（前回、ネメスが女だということで酷いことになったからな……ドロドロの愛憎とか、騙されたとか……むむ!?）

（彼女もそれで『助からなかった』のですよね……サキュバスの呪いにかけられ、それを解除するには男性の精を体内に取り込む必要があったのですが……そこでネメスが女だということでそれができず……ん!?）

とりあえず、俺がちょっと動いただけでだいぶ歴史が変わってしまったような気もするし、今後はマジで気を付けないとな。

それに、こいつにソードとマギナを幸せにしてもらうとかの計画も考え直さないと……って、なんかソードとマギナが目を大きく見開いて俺を見て来てるが……

「とにかく先輩、これからは僕のことは男の子だと思って……あ、でも、お風呂とかそういうのは遠慮……あ、でも、僕は何でもするって言ったし、先輩が『そういうこと』を求められるなら僕に拒否はできないし……そ、その、お礼と、く、口止め料ということなら……あ！」

そしてネメスは俺を見て……というか、ソードとマギナも俺を……いや、股間を見て……ッ!?

「ん、もう、やっぱり先輩の……エッチ♥」

「はあはあはあはあはあはあはあはあはあはあ坊ちゃま♥」

「ぶひぶひぶひぶひ御主人様♥」

ネメス、ソード、マギナの三人が俺の元気になった股間を見て顔を赤くしたり鼻息を荒くしたり、っていうか、ソードとマギナがものすごいヤバい顔してないか?!

「しま、こ、これは……」

っていうか、脱衣所で話してたから……俺のパンツの穴から勃起したチ×コが元気にこんにちわしてやがる！

「す、すご……ゴクリ……こ、これが先輩の……」

そして土下座して頭を下げていたネメスが顔を上げたことで、ネメスの顔の位置がちょうど俺のチ×コに鼻息が当たるぐらいの距離で、ネメスが顔を赤らめながらもどこか吸い寄せられるように……

「えっと、せ、先輩なら……僕にできるお礼はそれぐらいしかないし……それに……先輩は僕みたいに胸も小さい色気のない女でも興奮してくれてるみたいだし……」

え!? いやいやいやいやいや、この展開はさらに予想できないというか、何だこれは!?

「あむっ♥」

「ふぉおぉ!?」

「「なっ!?　ネ、ネメスッ!?」」

帝国の、世界の、人類の希望となる筆頭の勇者が……

「ん……♥　しゅごい、たくましい男の人の……僕より強い男の人♥　しぇんぱい、あつい、ん♥」

勇者が俺のチ×コ咥えた!?

ぎこちない。やわらかい舌。それでも隅々まで愛でるように懸命に……

「こうしゅるって、知ってます、村のお姉さんたちの話で聞いたことあるんだもん……あむ、僕のつば以外のお汁が――ぁは♥　せんぱい、気持ちいいですかぁ？」

いずれは魔王軍、魔族の天敵となる世界の希望の光に、チ×コ舐めさせてる?!

抗いたい……でも、抗えな……気持ちいい……こいつの口の中に全部出したい。マ×コに容赦なく突っ込み――

「喝ッッッッッ！　小生の坊ちゃまチ×ポに何するかぁああああ、くけえええええ！　坊ちゃま専用ドスケベ女肉は小生で間に合っている！」

「まったく、勇者を目指すはずが娼婦の真似事ですか？　それは許しません。御主人様にはメスブタ肉玩具がおりますので、すでに間に合っています！」

「ひゃうん!?」

と、そこでソードとマギナが雌猫になりかけたネメスを鼻息荒くして止めた。

「はうっ！　ぐっ、はあ、はあ、はあ……た、たすかった……」

危なかった……前回の俺ならソッコーでベッドに連れ込んで朝まで抱いてた……こいつこんな無防備な顔晒《さら》して身を委ねようとしやがって……本当に色々な意味で危ないなこの勇者。

「うぅ、どうして邪魔するんですぅ、先輩だって気持ちよさそうに——」

「坊ちゃま（ご主人様）があんな児戯で気持ちよくなられるはずがない!!」

「うぇ!?」

口元を濡らし、俺のチン毛を口の端に付けながらムクれるネメスと、俺をガードするように立ちはだかるソードとマギナ。

くそぉ、思春期の男子になんてことを……

「と、とにかく、ネメス、も、もうこういうことするなよな！」

「え!?　先輩……でも……」

「と、とりあえず、修行、明日からやるからな……お前は客室で寝てろ……じゃあ」

「お待ちを、坊ちゃま！　ムラムラされているのであれば眠れぬと思われまする！　いつでもどこでも準備万端な小生の全穴をどうぞご賞味くだされ！」

「御主人様、安眠枕として私のこの未使用の身体を存分に揉んで舐めて吸ってぶち込んでくださり、玩具にして朝までよがらせて下さい！」

「わ、ソードさんマギナさん、な、なんてエッチな……う、ううん、僕だって先輩にお礼を……先輩、あ、あのね、僕だってもうあんなにアソコを見られて弄られたんです……どうせ男として生きる以上無意味なアソコは、先輩のおチ×チンで――」

とにかく今日は俺も精神的に疲れたので、部屋への侵入禁止の命令を下して籠った。

「おやすみいいいいい、もうお前ら全員部屋来るなあああああ！」

「「「あーーーっ！！？？」」」

とにかく頭の混乱が収まらない。

「なんでだよぉ！　エロい事ばっかして盛《さか》っていた時には、あいつら全員俺を軽蔑した眼差しだったくせに、なんで俺が禁欲した途端に誘惑してくんだよ！　つーか、ネメスまでどうすりゃいいんだ!?」

ソードとマギナは何かぶっ壊れてるし、勇者は女だし、それでいて俺は先輩なんて言われるし……これからどうなっちまうんだ？

「あっ、できました！　マギナさん、あなたの言う通りにやったらマナの剣できました！」

「一度コツさえ掴めばもう忘れることはありません。……特にあなたは」

翌朝から、うちの中庭で始まった特訓だが、やはり勇者は勇者だった。

今まで田舎でまともな魔法教育とか受けていなかっただけで、コツさえ教えればできる……という俺と同じタイプだったようだ。まだ物足りないが……。

「さて、魔法の後は小生と実戦訓練だ。体力……いや、そなたは足りないもので満ちている。さぁ、小生に全力でかかってこい（まぁ、才能は有り余っているので経験を積めば積むほどすぐに一流に達するが……。とはいえ、早急に前回並みに鍛えねば……前回のこの時期、坊ちゃまを叩きのめしたとき……あのときの怒りをキッカケに達した力にはまだ程遠い……）」

「はい、お願いします！　とりゃあああ！」

教えたことはすぐにでき、一度跳ね返されても立ち上がる根性を見せて、食らいつく時にはさっきよりも鋭くなっている。

受付で足切りされた時はすぐに心が折れていたが、一度やる気になればどこまでも伸びる姿には、間違いなく才能の輝きがあった。ていうか、そうでないとマジで困る。

本当に、もっと一瞬でドカーンと強くなってくれ。

「今のところ、みるみる伸びていってるな……天才ってやつ？」

「何とも……今までまともな環境での訓練や指導を受けていなかったので、最初は伸びるでしょう……問題は、どこで頭打ちになるか」

「……そうかぁ……」

「ところで御主人様……蒼炎の形態コントロール……更に向上していますね」

「おお、そうか？」

「ええ……（前回の御主人様はまるで努力されなかったので知りませんでしたが……やはり御主人様も傑物ですね……というか、このまま伸びれば奇跡の黄金世代に匹敵……いえいえ、御主人様は魔王軍と戦うより私とのメスブタライフに集中していただきたいのですが……）」

そして、何だかんだで俺もやればできる子だったようで、何だか自分自身も調子がよくなってきている。

このまま強くなれば、前回守るどころか、何もできなかった未来を変えることも？

と言っても、既に結構色々とズレてきているから、この先どうなるか分からないのは怖いんだがな……何よりも、ネメスが強くなってきているとはいえ、まだまだ前回俺をぶちのめしたときよりは格段に弱いのが難点だ。

「先輩はどんな勇者を目指しているんですか？」

「……は？」

中庭の隅のベンチで休憩中に、ネメスが純粋な目でそんなことを聞いてきた。

「い、いや……俺は別に……勇者を目指しているわけじゃねえけど……」

「えっ!?　何でですか！　先輩ほど強くて才能もあって、それに人を惹《ひ》きつけて、さらに挫《くじ》けた人間も立ち上がらせる力のある人がどうして!?」

「い、いやいやいやいやいや、あんまり買いかぶんなって。俺はそんな大層なものじゃ――」

「むぅ〜〜〜、そんなの納得できません！　先輩が勇者を目指さないなんておかしいと思います！　だったらどうして魔法学園に？　こうして特訓だってしてますし！　先輩は、僕たち後輩を引っ張っていってくれるんじゃないんですか?!」

「いや、魔法学園は家の事情で入ったもんだし……そ、それに特訓はあくまで今後のことを色々と……まぁ、色々とな」

まさかネメスに俺が勇者を目指していたとまで勘違いされるとは思わなかった。

俺にそんなつもりが無いと分かると、本気で怒って詰め寄ってきた。

「じゃあ、先輩は将来何になろうとしているんですか！」

「え？　しょ、将来……？」

それは、いくらでも考える時間がありながらも、結局今まで考えないようにしていた俺の将来のこと。

（ドスケベライフ！　……と、それはさておき、小生も気になる。前回の坊ちゃまは最後は惨めであった……だが、今の坊ちゃまは？）

（メスブタライフ！　……と、言いたいところですが、御主人様の目指す道とは一体……？）

なんか、ソードとマギナも「キュピーン」と目が光って俺に身体を向けて話を聞く姿勢の様子。

ただ、俺はそう言われてもな……将来か……。

「俺は——」

俺が勇者を目指していないのは本当だ。

軍総司令の親父の息子と言っても、俺は親父たちに見放されてからは好きなようにしてきたから、親父たちのように国に尽くそうとかそういうことは考えてもないし、世界や人類のために魔王軍と戦おうとかも思ったことはない。

真面目に生きているのも将来のためじゃねえ。ただの、前回からの償いみたいなもんで、自己満足。

ただ、鍛えているのは……

――お兄ちゃん、大丈夫？

あのとき、ゴミみたいに生き倒れていた俺を……

「……将来困ったときに何とかできるだけの力を、今のうちに身に着けようとしているだけだ」

「むぅ、なんですかそれー！　先輩はもっと大きな志を持たないといけないと思います！」

とりあえず、本当の理由を言えるわけもないので、今はそういうことにしとくことにした。

すると……

「まったくだ！　それが我が国を支える名家の子息だというのは実に嘆かわしい！」

「「「ッ!?」」」

そのとき、屋敷の庭に随分と荒々しい声が響いた。

一体だれかと思い顔を向けると……ふぁ?!

「うぇ?!　あ、え?」

筋肉隆々の巨漢。野性味溢れる眼光と逆立った緑の短髪。

漆黒の鎧を身に纏い、全身から溢れる武のオーラは……

「ぶ、ブドー王子ッ!?」

この国の王子様だった。

「え、うぇ!?　お、王子!?　って、じゃあこの国の!?」

「な、なんと……」

「な、何故ここに……」

王子の顔を知らないネメスは慌てて立ち上がり、ソードとマギナも動揺した様子で起立した。

いや、本当に何で王子がワザワザここに?

しかも……

「うふふ、お邪魔するね、ハビリ♪」

「うぇ!?　姫様も!?」

なんか姫も居るし!?

「やぁ、ハビリ。朝から訓練とは……本当に心を入れ替えているみたいだね」

「だが、少しホッとした。王子自らが視察に来られたところ、だらしのない姿や奴隷と戯れている最中ではなかったのだからな……」

そして、その後ろに付き従うように親父と兄貴も居るし。なんで？

いや、まずは……

「久しいな、ハビリよ」

「は、はい！　お久しゅうございます、王子！　本日は一体どのような……」

とにかく俺は片膝をついて頭を下げる。

近寄られるだけでとんでもなく息が詰まるし、プレッシャーが凄い。

帝国の王子にして、兄貴と同等の力を持った、この国最強の一人なんだからそりゃそうなんだけど、昔から怖いんだよこの王子様は。

「お前を見に来た」

「……え？」

「実は本日雑談で、ただの七光りのバカ息子だったはずのお前が心を入れ替え、更に目を見張る才能を見せたと、ゴウエン総司令とレツカが言うものでな……いかに肉親とはいえ、贔屓《ひいき》や誇張はせん二人がそこまで言うならば興味も持とう。この国の未来を担うかもしれんのだからな」

「え……えええ？」

「さらに、我が妹までもが昨日のお前の行動について熱弁するものでな……これはもう直接確かめねばと思った次第だ」

俺を見に来た……前回は俺に毛ほどの興味もなかったはずの王子が、俺を見にワザワザ宮殿から？

いや、来なくていいんだけど!?

「そそそ、それなら、じ、事前に連絡くだされば……」

「事前に教えては、取り繕ったり、何かを隠そうとしたりするであろう？」

「うっ……」

さらに……

「とにかく、私はお前の力を見たい。それを確かめるには……自分で直接戦うのがよかろう」

「は？」

「立て。そして私と今すぐ立ち合え！」

口に出しては決して言えないけど……なんか脳筋王子が介入してきて、ほんと前回から大幅に変わるわけ分からん展開になっちまった！

ってか、そういやこの王子もいずれ死ぬんだよな？

「さぁ、ハビリよ、我に見せてみよ！　お前流の蒼炎をッ！」

王子と組手とか考えたこともなかったんだが……だが、親父や兄貴を見ても「コクリ」と頷いて止める気なし。

いやコクリじゃねえよ、止めろよ！

しかもやらねーといけないみたいだし……

「あ～～もうどうなっても知らねーっすよぉ？　滾《たぎ》れッ！　蒼炎の剣ッ！」

蒼い炎を掌に集め、炎の剣を象《かたど》る。

親父と兄貴曰く、これも蒼い炎を生み出すことより更に二段階ほど上の高等技術だとかなんだが、数時間頑張ったらなんかできたものだ。

「ほう、剣にまで！　本当に習得しているようだな！　もうこの時点で魔法学園の全ての生徒を一気に抜いたな！」

蒼炎の剣を見た瞬間に漏れた王子の賞賛。

お世辞を言わない王子だからこその本音なのだろうと思うと、少し胸がゾクゾクする。

「キレイ……先輩の炎……昨日僕に見せた赤い炎と違う……これが先輩の力……」

そして、ネメス……お前、女であること隠す気あるのか？　物凄い雌顔で蕩《とろ》けてるんだけど？

「よいぞ！　才気溢れる次世代はいつも心躍るッ！　我とレッカの後は谷間が続いたが……お前が筆頭か、ハビリ！」

ちがあああああう！　筆頭となるのはネメスなんだよぉ！　ほら、ここに居て雌顔で顔をトロンとさせてるネメスだよぉ！

「さぁ、打ち込んでくるがよい！　お前の炎の熱量を我が吟味してくれようッ！」

「いいんすね!?　もうやるっすから、ほんと、やるっすからね！」

とにかく、もう本人がやれって言うもんだし、打ち込まないと始まらないので、思い切ってぶちこんでやることにした。

駆け出し、振りかぶり、王子の脳天目がけて一気に振り下ろし……

「ガイアハンドッ！」

「ッ!?」

俺の剣に対して、王子が片手を上げる。

次の瞬間、王子の片腕が魔力に覆われ、岩のガンレットと化した。

それが王子の魔法。そして、王子はその岩のガンレットで俺の剣を片手で掴み取りやがった。

「ぬっ、あ、ぐおッ!?」

巨大な岩……いや……これはもう大地!?　掴まれてビクともしねぇ!?

「う、受け止めた!?　先輩の剣をッ!?」

「……ふっ……小生も血が騒ぐ……帝国最強王子……巌窟王ブドー……」

「……寒気のする強さですねぇ……『相変わらず』……」

そして、掴まれた瞬間に伝わってくる。

相手の筋力。魔力。更に圧倒的な威圧感。

思わず全身が委縮しそうになるほどの強大な力を感じる。

「どうした？　お前の熱量はここが限界か？」

「ッ！」

イラっとくる。

いくら王子とはいえ何の事前連絡もなしにいきなり現れては急に人と立ち会えとか事情も関係なく言ってくるわ、その上で褒めたかと思えば急に見下したかのような目で見てきやがって……

ふざけんな……

「おぉあああああああああああああっ！」

「ぬっ！」

押しても引いてもダメなら……飲み込んでやるッ！

「蒼空大炎上ッ!!」

炎の力を上げ、量を増やし、なんなら俺も王子も丸ごと飲み込むほどの、巨大な炎を解き放つ。

「ぬぬっ!?　ハビリの奴、なんということを！」

「こ、これは……ハビリッ！　王子！」

「兄様ッ!?」

俺がこんなことをするとは予想外だったようだな。

親父も兄貴も姫様も皆して驚いてやがる。

そうだ、本当の俺ならこんなことはしねえ。

強大すぎる炎は、自分の身すら飲み込まれる危険がある。

自分が痛い思いをしてまで相手に一矢報いようなんて、クズの七光りのバカ息子ならやるはずのない行動だ。

だけど、今の俺なら屁でもねえ。

地獄のような地べたを這《は》い蹲《つくば》る、プライドも糞もねえ惨めな日々を送り、無力な末路を辿った経験のある俺なら、この程度何でもねぇ。

「どーっすかぁ、王子ッ！　あっちーーーっすかぁ！」

「お、おお、おおっ！」

「お、おおおっ!?」

流石の王子もこれだけの炎に包まれれば、何ともないはずが――

「よい……よいぞ、この熱量ッ！　あまりの熱量に我も沸騰するほどになぁッ!!」

「うおッ!?」

何ともないというか、怯まないというか、それどころか更に王子の全身に魔力が漲《みなぎ》り……

「魔岩石王・ガイアモードッ!!」

全身に、魔力で象られた岩の鎧を纏い、全ての炎を弾き飛ばす。

なんか、噂で聞いたことあるような、伝説で語られているような、王子の戦闘モードというかなんというか……

「知るかぁぁあ、飲まれろおおおお！」

「ほぉ！　まだ振り絞るか、よいぞ！　よいぞ、ハビリッ！」

消えたなら、また燃やし尽くすまで。

新たな炎で再び王子を丸ごと飲み込んで、もう俺は後先考えずにとにかく吼えた。

そして……

「「ガァァァァ――ッ！！！！」」

俺はとにかく全てを出し尽くし――

「坊ちゃま！」

「御主人様ッ！」

「先輩ッ！」

「王子、ハビリッ！」

「これは……」

「兄様……ハビリ……す、すごい……」

大気が震えて突風が吹き荒れて……

「がっ、ぐっ……そっ……」

結局そこで俺の魔力が完全にカラになっちまった。

「ふ、ふははは……どうやら我を燃やし尽くせなかったようだなァ……ハビリよ！」

そして、そんな俺に笑う王子はまだ岩石の鎧を纏ったまま。

この勝負、結局……

「はあ、はあ、はあ……だが……まだまだ発展途上でありながら既にこれほどというのは末恐ろしい。一年後には我が負けているかもしれんなァ……ハビリ！」

「ッ!?」

そして岩石の鎧が解除されると、その下から笑いながらも大量の汗を流して、肩で息をする王子が現れた。

ひょっとして、王子も意外と追い詰められていた？

「まったく……途中止めようかと思いましたぞ」

「ははは、本当。ハビリも怖いことするな～、僕もドキドキだったよぉ～」

「でも……これでハビリのこと、兄様も分かったかな～？」

「せんぱ～～い！　大丈夫ですか、先輩！」

「坊ちゃま、冷水風呂で冷やしましょうぞ！　小生が裸でお付き合いしましょう！」

「御主人様、火傷はありませんか？　舐めます！」

そして、立ち合いもこれまでという空気になり、親父たちが少しホッとした表情で間に入ってきた。

ネメス、ソード、マギナも慌てて俺に駆け寄って介抱してくる。

俺は一瞬呆けてしまったが、そういえばそもそも何でこんなことになったんだっけ？

すると……

「とにかく、お前の才能、可能性、そして熱量は見せてもらった、ハビリ。よかろう、合格だ！
これで我が国は更に盤石となるであろう！」

「え？　ご、合格？」

合格？　俺は何かを試されていた？　何の合格なんだ？

「今日より、お前はトワレの婿《むこ》となる」

「……はァ!?」

「「「えっ！！？？」」」

それはまた、あまりにも予想外過ぎて王子相手に思わず「はァ!?」と言ってしまった。

だが、ネメスもソードもマギナも驚いている。

一方で親父と兄貴は満足そうに「うんうん」と頷き、姫様は……

「えへへ♪　よろしく～」

えへへじゃねえよ、この姫は!?　何で普通に笑ってんだよ！

「実は昔そういった話もあったが、お前の心も歪んでいたし、見どころのないクズであったし、トワレも望まなかったので破談とした。しかし最近のお前の評判を聞き、さらには今我自身が試したことで、もはや何の憂いもないと判断した」

「い、いや、あの、ちょ、待って下さ、お、俺の意思！」

「拒否は許さん。これは決定で、王命である。父も我に委《ゆだ》ねると仰《おっしゃ》っている」

いや、王命って、あんた王じゃなくて王子で……いや、王も委ねんなよ!?

「ふぇぇんん、そ、そんな、先輩がぁ……」

前回姫に惚れられていたネメスはちょっとショックを受けてるみたいだし……

「王子、姫、この度は息子を認めていただき誠にありがとうございます。これまでは恥ずべき愚息ではありましたが、このように心身ともに大きく成長を遂《と》げ、そしてその成長はこれからも大いに期待できるものでありましょう」

「我が弟は必ずや姫様の婿として恥じぬ男となり、この国の、そして人類の大きな力となることでしょう。何卒、弟をよろしくお願い申し上げます」

親父と兄貴は片膝ついて、真顔で俺を差し出す話をしているし……

「んもぉ～、エンゴウ総司令もレッツカもお堅いな～。これから二人は私の義理のお父様とお兄様になるわけだよね？　そう、もう私たちは家族なんだから！」

「ふはははは、確かにそうであるな！　まあ、エンゴウ総司令とレッツカとは、これまで多くの艱難辛苦を乗り越えたことで、我はとうに二人のことは主従を超え、友を超え、家族を超えた絆を感じていたので、今更ではあるがな！」

いや、だから俺を差し置いて「これから親戚になるからよろしく」みたいな話すんな！

そして……

「……ハ？　ナンダト？　ナントイッタ？」

「……フザケルナ……ワタシノ御主人様ヲ……」

ソードとマギナがめっちゃ怖い目でブツブツ何かを言っているようだし……

（ちぃおおお、待て待て待て！　それでは小生はどうなる?!　っていうか、この姫はいずれ死ぬわけで……いやいや、それ以前に坊ちゃまには小生がいるわけで！）

（ばかな、トワレ姫は前回はネメスに惚れ……いえ、そこからネメスが女性と分かってダメになったわけですが、それなのになぜここで御主人様に!?　しかも、トワレ姫も満更でもない様子で……なぜ私と御主人様のメスブタライフの邪魔を!?）

やばい……

（この脳筋王子も何を言っている？　トワレ姫の婿に坊ちゃまを？　この姫、前回はネメス殿に惚れていたくせに……色々と思うところがあったから今回は助けようと思ったが……やはり死んでよいか？）

（私の御主人様に何を！　御主人様は生涯結婚せずに私といるはずですのに！　この脳筋王子も、やはり死んでよしですね。トワレ姫もネメスに惚れないのであれば、死んでよしにしましょうかね。あっ、でも前回はそれで皇帝が心を壊されて、御主人様の御父上殿と兄上殿は無理な死地に送られてしまったし……ぐぅ、どうすれば！）

急展開過ぎる。

俺がトワレ姫の婿？

「い、いや、王子！　お待ちを……お、俺は……ほら、このように二人の女を奴隷にして侍《はべ》らせる男ですよ!?」

とにかく、この展開は勘弁して欲しい。

何とか断る方向に持っていかないとと思い、俺は今回手を出していない処女のままのソードとマギナをあえて王子と姫様に見せつけた。

だが……

「安心しろ。お前の所有している奴隷も、妾《めかけ》として扱えばよい」

「あれぇ!?」

「聞いてるよ、ハビリ。むしろ、その二人とのことで、色々と自分のことを見直して反省して心を入れ替えたみたいだって総司令もレッカも言ってたし、貴族や王族が愛人を持つなんて当たり前でしょ？　レッカは奥さん一筋だけどぉ～」

「姫様ッ!?」

しかし、王子も姫様も気にしない!?

（ううむ、とりあえず小生の妾ポジションは確保されたか……）

（破談にできないのであれば、これは妥協点ですね……）

ん？　なんか、ソードとマギナが一瞬だけ小さく拳をグッと握ったような……怒った？　いや、喜んだように見えなくも……

「で、でも、俺はどうすれば……親父もぉ！　親父も俺に今まで好きなように生きて勝手にしろとか言ってただろ？　ここに来てなんだよコレは！」

いずれにせよ、どうにかならんかと、俺は親父に助け船を求めた。

だが、親父は真剣な顔で……

「ハビリよ。確かに私はお前に自由に好きなようにしろと思っていたが、心を入れ替えたお前には私も接し方を変え、さらに求めるものも変えようと思う」

「……うぇ？」

「お前は紛《まぎ》れもなく、スポイルド家に、そしてこの国にとって恥ずかしくない傑物であると証明された。ならばこそ、私もお前に対しては、ただの放任していた父としてではなく、スポイルド家の長として、この国の軍総司令として、陛下に仕える忠臣として、この国を将来背負《しょ》って立つ逸材としての責務を求める！」

今まで俺のことなんて見放していたから、その分もう好きにしろ状態だったのに、俺が真面目になったばかりに親父もまた俺に対して多くを求めるように……ってこと？　ナニコレ？

「し、しかし、姫様も、いくら何でもいきなり俺とかって、ど、どうなんですかァ?!」

ならば張本人は？　俺が姫様に問うと、逆に姫様はプクッと頬を膨らませて……

「あ～、ハビリは嫌なの～？　私のお婿さんになるの～」

「え、あ、そんな、滅相もないです……」

嫌です。マジで。

「っていうか、私も姫で、ハビリも貴族……そもそも私たちに自由な恋愛とか結婚とか許されないのなんて当たり前でしょ？」

正論……。

「たしかに、私も昔は嫌だったよ？　でも、昨日とか、今日のハビリを見て、今のハビリだったら私はイイなって思ったの」

「うぇ、あ……そ……それは光栄で、す……」

ダメだ、姫様は受け入れる気満々だ。

「とはいえ、ハビリよ。お前もすぐに結婚と言われても戸惑うであろうし、まだ魔法学園を卒業もしていない中で式を挙げるわけにもいかんであろう。ゆえに、今はまだ婚約とし……」

お、ここで王子から猶予っぽい言葉。婚約……ならば破棄も可能？

「今日よりこの屋敷にトワレも住み、共に生活して親睦を深めるがよい！」

「そういうことだ、ハビリよ。なので、屋敷の執事やメイドたちを連れて、今日より私は王宮、もしくはレッカの家で過ごすことにする。孫にも会いたいしな」

「だからハビリ、兄さんとの約束だ。姫様を悲しませたりしないように、どうか親睦を深めるんだよ？」

いや、違う。絶対に逃がさねーぞ的な圧力だ。

っていうか、姫が今日からここに住む？

「親睦深まってトワレが懐妊することは大歓迎だ！　トワレ、良き子を産め！」

「は～い」

しかも「ヤルことちゃんとヤレ」と堂々と!?

いや、俺はこの二度目の人生、そういうことはもうしない、俺にはそんな資格が無いと誓ったのに、何でソードもマギナもネメスもそして……

「あのね、ハビリ……私、あんまり『そーいうこと』は知らないけど、頑張るから……イロイロ……優しく教えて可愛がってね♥　なーんちゃって、照れ照れ♥」

「あ、あぅあ……」

「エッチなこと……実はけっこー興味あったんだぁ～♥　早速今夜シちゃおうね♪」

姫様まで揃って受け入れバッチ来いなんだ!?　なんかもう、どうなっちまったんだ……。

「今日からお世話になるから、よろしくね、ハビリ。あとそちらの二人と……あと、そこの子……昨日の子だよね？」

「うぇ？　あ、は、はい！　あの、ネメスです！　昨日はありがとうございました！　その、僕は再試験の日までここにご厄介になって、先輩たちに特訓してもらおうと……」

「うんうん！　ふ～ん、そうなんだ……でも……あれ？　ねぇ、君、ひょっとして……女の

「うぇええええ!? あ、あの、えっと、あ、あう、あ、そ、それは……」

「やっぱり～、スゴイ可愛い子だなって思ってたのぉ！」

ダメだ、話がポンポンと進んでいく。

しかも姫様はネメスを見るなり、女と一瞬で見抜いちまった。いや、もう雌顔丸出しのネメスならバレバレだけど……

「兄様～、ほら、この子だよ、昨日なかなか見どころがありそうって言った子」

「ぬ？ そうか……しかし、男と聞いていたが？」

「女の子だった～」

「……なに？」

そして、王子もネメスに興味を持った。そう、それだよ！ そいつがこの国の、人類の救世主となる勇者なの！ 男だったらそいつが姫様の婿になる予定で……だけど、女で……

「話は聞いている。勇者を目指しており、才があると。しかし性別を偽っているのか？」

「う、そ、それは……は、はい。申し訳ありません」

流石にネメスも、姫様と王子に問われては偽ることもできず、観念して項垂《うなだ》れた。

「その、申し訳ありません。ただ、女であることを知られると、色々と――」

「それは女であることがあらゆる不公平や、無能な連中の妬みなどに繋がり、正当な評価を貰えない……そう思ったということか?」

「う、そ、それは……」

「ならば、見損なうな！　我が帝国、そのような男女による不平等不公平は一切許さん！　実力主義である！　たとえ貴族でも無能であれば登用せんし、有能であれば奴隷の身分であろうと重用する！」

「王子……」

「だからこそ、自分に何の後ろめたさもないのであれば堂々と女であることを明かし、その上で再度勇者を目指すが良い！　そのような些細なことを気にするようでは、世界を背負う勇者になどなれん！」

いや、前回そいつは結局女であることを隠したまま勇者になりましたが……でも、なんか王子の言葉に感激したようにネメスは目を輝かせた。

「ありがとうございます、王子！　僕、僕は……もう自分を偽りません！　女の子だって勇者になれるんだって、証明してみせます！」

「良い目だ。再試験、励むが良い！」

「はい！」

で、なんやかんやでネメスは……

「えへへ、先輩……僕……あっ、私……う〜、何だかずっと『僕』って言うようにしてたから急には変えられないけど……先輩、昨日の内緒にしてってていう話は無しにします。僕……堂々と女の子として魔法学園の門をたたき、そして勇者になろうと思います！」

「そ、そう、か……」

こうなると……勇者のハーレムによる奇跡の黄金世代一派は……どうなっちゃうんだ？　こいつが男だと勘違いしてすり寄っていた女だっていただろうし……

「だから、その、内緒にしてくれたら何でもするって約束ですけど……あっ、でも、先輩にはすごいお世話になってるし、僕先輩になら……だから、先輩……え、エッチなことは、先輩が望んでくだされば、もう先輩には僕の大事なアソコを全部見られちゃったし、弄られちゃったし……つ、続き、してもいいですよ？」

「オイこらメス猫。何を言っている？　坊ちゃまには小生がいる」

「まったくです、ドサクサにまぎれてこのドスケベ女勇者は何を言っているんでしょうかね？」

「わ、わわ、なんか……ハビリはモテモテ？　しかも、なんか～エッチな話してる～……うふふ、楽しそう♪」

なんかもう、頭痛い……

第3章　未来がさっぱり見えねえ！

「ん〜、ごちそうさま」

「ご、ごちそうさま」

「ねえ、ハビリ。マギナの料理なかなか美味しかったよ。これなら今後も任せられそう」

「な、なら良かった、です」

「嫌味じゃなくてさ、元お姫様で家事も料理も全部こなせるなんてすごいね」

「え、ええ……そう思います」

　俺の家で姫様と向かい合うようにディナー。

　別室でソードとマギナとネメスが飯を食ってるだろうが、いつでも何があってもこっちに来れるように息を潜めている気配が丸分かりだ。

「ところでさ〜、二人きりの時はハビリも敬語はやめていいよ？　私たち夫婦になるんだし、呼び捨てでいいよ」

「あ、い、いえ、ま、まだ婚約段階ですし、そそ、そういうわけにも」

「ん～、じゃあ命令♪」

「………」

それにしても、このお姫様には振り回される。

いきなり夫婦と言われても何の心の準備もできてないし、それにこの人は結構ニコニコと人懐っこいけど、これまであまり親しくなかっただけに接し方が分からない。

前回はむしろ嫌われてたし、避けられてたし。

「じゃ、練習～。私のことは姫様じゃなくて名前で！　三、二、一、ハイ！」

「ぐ、と……トワレさん……」

「ん？」

「ッ!?　トワレッ！」

「……んふ～♪　よくできましたー！」

一瞬、ものすごい笑顔で寒気のするようなプレッシャーを放ってきた。そう、この人は常に笑顔。だから怒るときも笑顔。だから苦手なんだよ。

そして、相手に心底失望したときは真顔。前回その真顔を俺は向けられたな……

「ん～……」

「な、何ですか？　人の顔をジッと見――」

「ハ？」

「ッ!? な、何だよ……ジッと見て……」

「ふふーん♪ で、ジッと見て？ うん、私の夫の顔をよく見てたの。今までマジマジと見る機会が無かったから……で、ハビリって悪者みたいな顔してるかと思ったけど、よく見るとカッコいいし、慌てるところは可愛いね」

「はァ!?」

「とう！」

「ふぁ!?」

急に人の顔をジッと見て、照れるようなことを言ってきたかと思えば、次の瞬間に姫様……トワレはなんとテーブルの下をくぐって俺の股の間から顔を出して、そのまま俺の膝の上に向かい合うようにして座って来やがった。

「ちょ、あ、あの、何を!?」

「んふ〜、もっとよく見よーと思って……あと、どーせ夫婦になるんだし、男の人とイチャイチャっていうのもしてみたくてー♥ 姫は思春期で興味津々なのであ〜る♥」

帝国の姫なのにハシタナイ……のに、間近で見ると本当にこの人もまたソードやマギナに負けない美しさと可愛らしさを持ってて、その上で神々しいオーラがあって……身体も特別に胸がデカいわけでも尻がデカいわけでもないが、柔らかさはあって、それを無防備に俺にこすり付けてきやがる……こ、コレ、反応するなってほうが無理だ。

「こんなに近くに来ちゃったぁ～」

「そ、そうか……で、でも、近すぎて……」

「……ハビリって女の子とのエッチは詳しいの？　あの奴隷の二人とエッチしてるの？」

「ぶっ!?　い、いや、シテナイ……けど……」

直接的すぎるぞこの姫……もっと恥じらいとかないのか？　〝前回〟は女の尊厳を無視してオモチャのようにやりたい放題した俺が言う資格もねえけども……

「ありゃ……じゃ～初めて同士ィ？　リードして欲しかったけどぉ、お互い探り探りになっちゃうのかなぁ？」

「い、いや、まだ焦んなくても？」

「でも、今日するよ？　えへへ、私が持ってる下着で一番エッチっぽいのを穿いてきた～♥」

「わぶっ!?」

唐突に膝の上でスカートの裾をペロンと捲って黒のレースって……あんた意外と大人っぽいものを……え？　マジでヤルの!?

俺は今回の人生では真面目に生き、ソードとマギナや女を傷つけず、そして後は行き倒れた俺に施しをしてくれた人たちに恩を返し、守れなかったものを守るために……

「あは、ゴメン。やっぱちょっと恥ずかしくてムズムズしちゃった～。これ以上見たければハビリが頑張ってね？」

と、これまで掴みどころなくニコニコしていたトワレが、ようやく顔を赤らめてハニかんだ。

あ、普通にかわい……いやいや、でもこれはどうすればいい？

新入生の入試で俺がネメスに絡むのが少し遅れただけでここまで歴史が変わっちまうなんて。

仮にこれ、俺が姫を拒否したらどうなる？

最悪な話、かなり俺はヤバいことになりそうな気がする。

とはいえ、ヤッて本当に婚約になったら、それはそれで相当メンドクサイことに……王子が居るから俺が王位を継ぐことはないだろうが、あっ、でも王子は戦死するし、姫も……いや、でもそれが原因で親父も兄貴も……それにこんな形とはいえもう情も湧いてるし、歴史通り死なせたくないし……

「……ねえ、ポカンは禁止。早く口説いてよぉ～」

「ふぁ!?」

「ハビリの言う通り、好きでもない男との結婚も、交わりも覚悟しているよ？　だからせめて……精一杯私を口説いて惚れさせて欲しいなァ～は・や・く♥」

と、姫が少し顔を出すだけでキスできるぐらい顔を寄せてきて、息がかかるイイ匂い軽い柔らかいお尻の感触が腿にオッパイ形も良さそう……じゃなくてぇ！

「……ふぁん!?　あ……あ～～～、ハビリ～」

「うぅ！　あ、こ、これは、その……」

勃起しちゃった……

「な〜んだ、ハビリは乗り気じゃないのかと思ったら〜、そういう気分になってるじゃ〜ん♪急に変な感触があってビックリしちゃった♥」

「こ、これは、その!?」

「あは〜、だ、だいじょうぶウ！　家庭教師にこういう知識も教えてもらってるから、照れないのお！　私は照れちゃうけどぉ」

そりゃ俺も性欲を断つ……なんて言っても体はやはり反応してしまうわけで……イカン……それこそ前回は毎日複数回、朝も昼も夜も関係なくソードとマギナを抱いて弄んで蹂躙《じゅうりん》していたぐらい、俺は常に性欲を発散させたい方なのに、今回まだ俺の身体はそういったものは未経験状態なわけで——

「もう、遅い！」

「え……」

「ん♥」

「むぐっ!?」

……俺が悩んでいるのに業を煮やしてキスされてしまった。帝国のお姫様にキスされてしまった……。

舌は入れない、唇を重ねるだけのキス……ちょっと強張《こわば》って緊張しているが、メチャクチャいい香りがする……

「……や……やっちゃった♥」

たかが唇を重ねるだけのキス。だけど顔を真っ赤にして、大国のお姫様がその辺の少女のように照れながらハニカむ姿は……か、わ……いい……

「……姫のファーストキスを奪ってしまった以上、罪人ハビリは生涯私を可愛がらなければいけない刑に処することとなりました～♥」

「ひ、ひ、め」

「トワレ！」

「うっ、と、トワレ……」

「うん！　……ちゅっ♥」

「んむっ」

緊張して、しかも照れながらも懸命に……俺のことなんて別に最初からそれほど好きでもなかっただろうに、それでも俺を好きになる努力をしようとしている……そんな気持ちの伝わる純粋なキス……

「ひゃん!?　あっ、も、もう、ハビリィ～」

「え？」

「え？　じゃないよぉ～……いきなり……オッパイ触って……」

「へ?! あ、あれ? な!?」

アレ? 俺、気づいたらトワレの両胸をモミモミしてる!? やわらかい! ソードたちのように巨乳というわけではないが、形の整った柔らかい……

「んもう、エッチなハビリ～……ドレスの上からだと、しわになっちゃう……でも、自分じゃ脱げないんだけどなぁ～、ドレス」

「あ、お、おう……」

背中に手をまわし、ゆっくりドレスの留め金を外していく……そしてシュルっと上半身をむき出しにすると、黒いセクシーなブラを片手で秒で外した。そしてその下には……

「あぅ、あん……」

「う、美しい……」

「そ、そう?」

なんて美しく形の整ったオッパイなんだよ! 乳輪のでかさも、勃起した乳首の形も芸術みたいで……

「あむっ、ちゅるぶちゅる」

「ひゃぁあ!? ちょ、ハビリィ～～～!」

「じゅぶ、ちゅるるる、ぶちゅる」

「んひっ、くすぐった、ん、らめだよぉ! が、がっつかなくてもぉ、ん、乳首取れちゃうよぉ！　そんなに吸ってもおっぱいでない、でないからあぁ、あん、う、ん♥」

こんなの、吸うしかないだろ！

舐めるしかないだろ！　当たり前だろうが！　うまい！　弾力もあるし、いつまでも吸える！

前回の人生で、ソードとマギナの乳首を一晩中しゃぶったまま寝たことがあるが、これはそれに匹敵する美味――

「んくっ、あ、んんんん！　あ、そ、そんなに……んふふ……こちょばいなぁ～♥　ハビリったら、そんなに私のおっぱいおいしいの？」

「ぷはっ……ロイヤルオッパイだ……」

「そ、そう？　私ロイヤル？　ロイヤルなオッパイ？」

「ああ」

「そっ、そっかぁ～、ロイヤルかぁ～♥」

夢中でトワレの乳首を吸ってると、だんだんとトワレも俺の後頭部に手をまわして抱きしめてきた。

そして同時に、俺の膝の上で腰を前後させる。

「ハビリィ～、硬いのがぁ……もっとかちんこちんだよぉ♥」

俺の勃起チ×コにパンツ越しでマ×コに自分から擦りつけてくる。

そして、俺の股間周りに生温かい湿りを感じる。

これは俺のカウパー――？　いや、違う……

「トワレも……濡れてんな。黒パンツなのに湿ってるのが丸分かりだぜ？」

「ひゃん!?　だめぇ、女の子の濡れてるパンティーは見ちゃだめだよぉ！　うぅ～……でも、これ、お漏らしじゃないよ？　違うよ？」

「分かってる、これはマン汁……愛液だよ」

「愛!?　お、おお……そっか……愛かぁ……つまり、私は今、愛が溢れてる？」

冗談なのか本気なのか、恥ずかしがりながらも笑みを浮かべてそう訊ねてくるトワレに、俺は胸が高鳴った。

「もっと、溢れさせてやる。よいしょっ」

「ひゃあ!?　エッチ、ど、ど、どこに、パンティーのなかに手を入れたらぁ、うんあぁ～♥」

片方の手でトワレの胸を揉んで指先で乳首を摘まんだり捏ねたりしながら、もう片方の手をパンツ内に侵入させて弄る。

濡れた薄毛の感触が俺をより興奮させる。

「ち、ちがうよぉ、ハビリ……そ、そこは、指じゃなくて……そのぉ、……あん♥　ハビリのぉ……かちんこち×こさんを挿入するところでしょぉ？」

喘ぎ、感じ、もう限界ってか？

よしきた！

なら、今すぐこのマ×コに俺のチ×コを――

「さーて、夕食も終えられましたな、坊ちゃま。お疲れでしょう、小生がマッサージして差し上げましょう！　（ネメス殿じゃなくてもこういう態度を取るのか、トワレ姫は……なんという尻軽さ！　坊ちゃまもノリノリでチ×ポ勃起させてェ！）」

「はい、姫様も今日はお休みになられてください。御主人様、後片付けを終えましたら私も全身マッサージをしますし、何でしたら御主人様が私を大人の玩具にして弄んでくださってもかまいませんよ？（何という馴れ馴れしい……ロイヤルビッチですね、トワレ姫は！　私のご主人様のおチ×ポをつまみ食いしようなど許せません！）」

とそのとき、いきなり部屋の扉がかなり乱暴に開けられた。

そこには、笑顔ながら額に青筋立てて明らかに怒っているソードとマギナ。

「お、お前ら？」

「も～～～な～～に～！　無粋！　無粋！　無粋！　すっっっごくいいとこなのに！　旦那様と妻がイチャイチャで親睦深めるって時に～」

まさかの乱入に驚く俺と、明らかに不満そうに頬をプクッと膨らませるトワレ。

だが、トワレは俺の膝の上から降りる様子も、取り繕う気配もない。

「あ、あわ、あわわ……どど、どうなってるのぉ？」

そしてドアの陰から顔を青くしてプルプル震えているネメス……いや、お前何をビビってんだよ、未来の勇者?!

って、そもそも俺が何をやってんだよぉ!?

今回のループでは俺は誰も女を傷つけないとかそういう誓いはどうなった?!

なぜ、無意識に、しかもよりにもよって姫の乳首をしゃぶって、マ×コ弄ってんだよぉ!?

「ねぇ、ハビリ。二人はただの奴隷ってわけでも、ハビリが玩具にして酷いことしたりしているわけでもないんだよねぇ?」

「お、おう……。手ぇ出してない……」

「その割には二人とも~、すっごいハビリに執着しているみたいだね」

トワレの言う通り、確かにそうなんだ。

前回は出会った当初は二人とも心を閉ざしていたり、エロいことに唇を噛みしめて耐えている感じだった。

だけど今回は、むしろ二人の方が積極的。据《す》え膳《ぜん》喰われぬことが女の恥とプライドを傷つけたとかそういうのを抜きにしても、何だか俺を想ってくれている様子というか、俺と本気でエロいことしたいのではないかと感じるときもある。

そして今回、俺がこれまで頑《かたく》なに二人に手を出していないのに、ネメスが居候したり、同居をはじめたトワレが初日から俺とイチャイチャして、そのままエロい流れになりそうだったことに、ついにキレた?

「ところで、トワレ姫。早速坊ちゃまとの初夜を迎えようとしているようだが、そういった知識については？」

そんな俺の戸惑いを無視して、身分としては一応は奴隷のソードが、姫相手にぶっこみやがった。

「むむ？　そんなの一通りのことは何となく分かってるよ？　ヤッたことも見たこともないけど、でも大体は分かるもん……チュウして、お、おっぱいとかお尻とか触ったり、ペロってしたりしてもらって……その後に……は、ハビリのおち×ちんを女の子のアレに……ガッチャンコ……でしょ？　そ、そう、知ってるもん！」

そう言ってムッとしたトワレが俺の股間を弄ってベルトとズボンを外して……ちょ、お姫様っ!?

「そう、この！　かちんこち×こさ……ふぇ？　……え!?　えええええええええええ!?　お、おお、おっき……こ、コレが入るの!?」

勢いよく俺のフル勃起状態のチ×コを素手で掴みだすトワレだが、その全容を目の当たりにして思わず俺の膝の上で震えている。

「おぉおおお♥　坊ちゃまチ×ポ♥」

「むふふふふ♥　いつ見ても意気衝天なご主人様のチ×ポ♥」

そして俺のチ×コを見てニタニタとするソードとマギナ……前回は射殺すぐらい嫌悪感をあら

わにしてたのに、今回の世界ではどうして？

だが、二人はすっかり興奮し、さらには……

「ぷっ……ふふ、大体のことは……一通りのことは分かる……か……くく……坊ちゃまのチ×ポを見ただけで恐怖しておきながら……」

「むむ、な、なに……」

「いや、これは失敬。随分と……お姫様は随分と〝お子様〟なのだなと。これを世間知らずの箱入りと言うのでしょうか？」

「ち、違うもん！　怖がってないもん……ちょ、ちょっと大きくて驚いただけで……だ、大丈夫だもん！　これを、私のココに入れるんでしょ？　できるもん！」

ソードがトワレを鼻で笑った。いくら俺の所有物とはいえ、奴隷が姫を鼻で笑うとか、なんて命知らずな!?

しかし、ソードはさらに暴走する。

「チ×ポをマ×コに挿入するだけ……？　そのような童《わらべ》たちのままごとのようなスケベで、坊ちゃまを満足させられるとお思いですか？」

「え……ど、どういうこと？」

……な……こいつ……ナニイッテンノ？

「坊ちゃまは、本人も気づかれていない、眠れるスーパードスケベな性癖を持っていらっしゃるのだ。ハッキリ言わせてもらえば、坊ちゃまはドスケベド変態で、世間一般の可もなく不可もないスケベ行為に満足などしないということだ。重要なのはどのように創意工夫と身体能力を駆使したアクロバットな体位でドスケベされるかだ！　上体反らしをしたり、そんな体が伸び切るバランスと柔軟性を求められる姿勢の中で喉奥までチ×ポ咥えこんで口内射精されたり、顔面騎乗されて肛門舐めたり、限界ギリギリで足腰震える中でチ×ポ大魔神の挿入からの子宮孕めオラピストン中出し射精！　しかも、一発や二発で萎えることなくチ×ポで更なるマ×コ追い込み耐久レース間違いなしだ♥」

「うぇ!?　え、えええ!?　ハビリ、そうなの!?　え、そんなハードすぎるエッチじゃないとダメなの!?」

「いや、な、いや、何言ってんだよ、ソードッ！」

ちょっと待て、何でそんなこと知って……じゃなくて、今の俺は真面目なのに、何故こいつはそのことを!?

＊　＊　＊

昼飯が終わり、これから午後の授業が始まる時間帯での、学園の演習場にある倉庫。

ここは授業がなければ滅多に人は来ない。つまり、俺が授業をサボるときのサボり部屋でもあり、セックスしたくなった時のヤリ部屋でもある。

そして今日もヤルのが目的で倉庫に来た。

目の前には、白い演習用のシャツと、下は女子の演習用の服でもある「ブルマ」と呼ばれる紺色のパンツのようなものを穿いたソード。

「へへへ、授業なんてやってられるか。なぁ？　ソードも俺とセックスする方がいいだろ？」

「っ、坊ちゃま、い、いつ人が来るか分かりませんが、ヤルというのであればどうぞお好きに」

ソードのマ×コをブルマ越しに擦る。ペロンとシャツを捲って乳を揉む。皆が真面目に授業を受けている時間に極上の女とセックス三昧とか最高だぜ。

真面目なソードはそういうのは嫌なのかもしれないが、関係ない。指で弄って秒でマ×コを濡らしてブルマに染みができる。

（はぁ、まったく坊ちゃまは学園でもとは……フフ、まったく何という自堕落極まりないお方だ。そしてこの時間帯にどの学年も授業が無いのはリサーチ済み。誰の邪魔も入らないので、きっと死ぬほど嬲り犯されてしまうな♥　最近、家ではマギナが邪魔だったが、学園では治外法権チ×ポだ♥）

ブルマがすっかりお漏らししたみたいに濡れている。嫌がり拒絶しようとも、着実にソードの身体は変化している。

（まったく、嫌がる女をここまで好き放題犯すとは、相も変わらず坊ちゃまは最低の鬼畜。黙っていればかわいいのに、このキスだって、乳吸いの際も甘えんぼになって、だけどチ×ポを突っ

込んだらワイルドに、って、違う、小生は嫌なんだ♥　だから嫌だけど仕方なく犯されてしまうんだ♥）

キスしながらソードの顔もすぐに蕩《とろ》けている。息も荒く、ブルマをずらしてマ×コを直に触ると指はすぐにトロトロの液まみれになった。

すると、ソードもちゃんと俺の調教の成果があってか、自分から俺の股間を弄ってきた。

（嗚呼、チ×ポ勃起してる。昨晩も、そして朝も、小生とマギナ相手にドピュドピュザーメン出したというのに、意気衝天♥　このチ×ポでまた小生のマ×コもポルチオ百連突きされてイカされまくってしまうのだ♥　嗚呼、なんと悍ましく恐ろしい地獄のような日々♥）

俺のズボンをずり下ろし、ソードは俺のパンツの中にすべすべの手を入れてくる。竿を撫で、指でシコシコ、俺のカウパーが指に触れても構わず扱いてくる。

（熱い、ビンビンバキバキの逞しき剛直勃起チ×ポ♥　ふふ、そして坊ちゃまも感じているな。カウパー先走り汁をこんなに漏らしているではないか。ドクドクビクンビクンして、それほどまで小生のマ×コに入りたいのだな、仕方ない仕方ない♥）

互いにいつでもヤレる準備はできた。

だけど、せっかく午後はサボろうと決めたんだから、さっさと挿入するんじゃなくて、もっと色々とヤリてえ。

「なぁ、ソード。お前よぉ、ブリッジってできるか？」

「んちゅ、あ、チ×ポ……へ？　は？　ぶ、ブリッジ？」

俺の問いが予想外だったようで一瞬呆けるソード。

（ぶ、ぶりっじ？　ブリッジと仰《おっしゃ》ったか？　確かそれは、仰向けになって背中を浮かし、身体を反り返らせて両手両足で支える柔軟運動では？　な、なぜそのようなことを？）

そう、せっかくなので今までやってない体位でヤリたくなってきた。

「ブリッジというのが柔軟のアレでしたら、それぐらい可能ですが……一体……あッ！」

「へへへ、じゃあ、やってくれよ」

どうやらソードも気づいたようだ。この状況でブリッジをやるってことはどういうことなのかを。

（ブリッジだと？　何という、こんな乳も晒《さら》し、マ×コも濡れ濡れ状態でブリッジをしろと？　I字バランスの時といい、やはり坊ちゃまは鬼畜変態だ。しかし、まぁ、こういった身体能力がないと無理な体位はマギナにはできぬだろうからな。つまり小生にしかできないので、坊ちゃまを満足させるために小生がやるしかないのだな、仕方ない、嫌だが仕方ない♥　うへへ、っと、なぜ小生の口元が緩む！　嫌なのだからもっと嫌そうにしなければ！）

歯噛みし、顔を引きつらせてやがる。

「……御心のままに」

だけど、俺の命令を受けたからにはソードは逆らえない。

両足を広げ、体を反り返らせ、そのまま両手を後ろの床について、見事に反り返ったブリッジを披露した。

「おお、ブルマ姿でブリッジとか、これは見てるだけでも勃起もんだぜぇ！　つーか、普通寝っ転がってからやるのに、立ったままでできるとは流石《さすが》俺のソードだぜ！」

濡れたブルマに見事にぷっくりの割れ目が浮かび上がる。反った胸がプルンプルン震えて乳首も突起させてる。

（このようなみっともない柔軟はしたことがない……が、この程度なら問題あるまい。問題はむしろこれからだ）

そして、ソードは真剣なまなざしで歯を食いしばっている。

別にソードぐらいになれば、この程度の姿勢の保持はそれほど苦じゃないはず。

だけど、歯を食いしばって何かの覚悟を決めようとしているのは、この後何が起こるのかを分かっているからだ。

I字バランスでセックスしたときのように、これもちゃんと美味しくいただくぜ。

まずは、逆さになっている顔を。

「お～、お～、こんな体勢でお前の顔を見るのは初めてだなあ、ソード。ちなみに……その状態のまま、俺のモノを舐められるか？」

「ッ！」

俺はブリッジしているソードに背を向けると、その顔の前に、軽く尻を突き出した。

ソードの身体が少し跳ねた。

（ぬうおおお、逆さで見てもキンタマがホカホカでパンパンではないか！　何故毎日アレだけ射精しているのにこのザーメン袋はパンパンなのだ？　見上げれば坊ちゃまのキンタマ！　おぉ、袋がプラプラ揺れている！　この姿勢で舐めさせるなど、何という鬼畜！　しかし、小生はそんな無理難題もできてしまうので仕方ない♥）

次の瞬間、俺のキンタマ袋をペロンと舐められた。

「ちゅる」

「おほぉ！」

思わず声が出ちまった。フェラもキンタマ舐めもとっくに慣れているはずなのに、思わず声が出ちまった。

「あむっ、ちゅぞぞぞぞ」

「おほぉ、くはぁ、やっべえ、いつもと体勢が違うから、刺激もまた新鮮で、お、おぉ！」

舐め、そしてソードは俺のキンタマ袋をブリッジしながら吸う。袋ごと、中の玉を二個とも口の中に吸いこみやがった。

ここまで濃厚な刺激は俺も想像以上。中腰だった俺が思わず膝から崩れ落ちそうになる。

「かふ、おっと」

「んぶっ！」

そして、俺はそのままソードの顔に尻の割れ目を乗せてしまっていた。

（ふぉおおおお、ぼ、坊ちゃまの肛門！　午前を過ごして少しムレムレでモワモワしたくっさい肛門、だけど綺麗にピンク色！　小生が毎朝ペロペロ舐めているお尻で顔面騎乗され、いつもと景色が違うぅ♥　匂いもぉ、嗚呼、すごい♥）

しかも、その無理な姿勢からソードは俺の尻の割れ目に舌を捻《ね》じ込んで、肛門をほじってきやがった。

「あふっ、ぐっ、おお、つっ」

「んじじゅぶるる、ん、ごく、れろれろ♥」

ヤバい。メチャクチャくすぐったくて、でも気持ちよくて、思わず情けない声が出ちまった。

（はう、坊ちゃまが可愛らしい声を、ふふふ、もはや小生がイニシアティブを取っている、こんなかわいいプリップリのキンタマや肛門舐めて吸うだけで坊ちゃまを腰砕けにできるとは、ふふふ、コレはいい兆候だ！　首輪がある限り謀反は起こせぬ。ならば、力ではなく身体で坊ちゃまを篭絡《ろうらく》する！　そうすれば生涯小生を可愛がって、じゃなくて、解放して心置きなくドスケベ子作り、じゃなくて、そう！　ドスケベ行為で小生が坊ちゃまに勝てば、篭絡させれば、この首輪を外すチャンスが来るかもしれぬのだ！）

こんな情けない声を上げて、舐められるわけにはいかない。

俺は振り返り、ブリッジ状態で口を開けてるソードの口の中に最強に勃起したチ×コを突っ込んでやる。

「おんごぉ♥　んお♥　おんごぉおお♥」

マ×コに入れるみたいに、喉奥深くに強制イラマチオだ。

（無敵の勃起チ×ポ喉マ×コ挿入ぅぅ♥　嗚咽が止まらぬ♥　喉奥でカウパーが絡みつき、小生の喉チ×コをぶっ潰してくる♥　ダメだ、小生は何を考えていたのだ♥　小生などただの性奴隷であり、雑魚マ×コであり、このチ×ポに勝てるわけがないというのをまだ小生はわかっていなかったのかぁ♥　チ×ポしか勝たん♥　チ×ポに負けるしかないィ♥）

ブリッジ状態のソードの顔を両手で抑えて、まるで立ちバックするかのようにソードの口の中でピストン。

「おん、んごぉ♥　ほごぉ♥　おおおぉ♥」

無様にせき込んで涙目になっているソード。

俺が情けない声を上げたことなど記憶から消してやる。この屈辱的な姿勢での調教に狂っちまえ。

「うおっ、で、出るぅ！　吐き出すんじゃねえ、飲み干せ！」

「おんぼぉおお♥　おんぐ♥　こほぉ♥」

ドパッと出た。喉奥にドップリと注ぎ込んでやる。

（んおぉ、喉奥に特濃ザーメンが絡みついて、これを吐き出さぬなど、いや、小生ならできる！チ×ポに負けても、坊ちゃまの要求は全て応える♥　小生をぉ、舐めるなぁ♥）

吐き出さない。両手がプルプル震えてるがブリッジも崩さない。大したものだ。I字バランスの時と言い、ソードの身体能力は見事なもの。

だからこそ、容赦なく好き放題できるってもんだ。

「まだまだぁ、当然次はマ×コだ！」

ブリッジしたままソードがビクンと反応する。

そして驚いて咽《むせ》てしまった。

「んごぉ♥　ごほっ、こほっ、ん、ごく、んぐ、ごっくん、はあ、はあ、……坊ちゃま、い、いま、なんと？　マ、マ×コでありますか？　オマ×コでありますか？　こ、これだけ激こってり濃厚ザーメンどっぷり出されながらも、まだ萎えな、ふぁ、ななな、まるで萎えていない、バキバキ勃起継続され、さ、流石は坊ちゃま、むしろザーメンコーティングされて味変したパワーアップチ×ポではありませぬか！」

噴き出しそうになった精子を無理やりゴックンしながらも驚愕の表情を浮かべるソード。

「ああ、そうだ。覚悟しろよ！　今日はマ×コを子宮も含めてオーバーキルするからよぉ！」

「しょんなぁ！　ブリッジマ×コに坊ちゃまのザーメンチ×ポ……はっ♥　はっ♥　はっ♥」

俺は萎えない勃起チ×コを携《たずさ》えて、ブリッジで反っているソードの股間に照準を合わせる。ブルマを指でずらし、ねっちょりしたお漏らしマ×コに、まだ精子がこびり付いているチ×コを即挿入。

「ふぉぉ、ノオオォォォ♥」

ブリッジがつま先立ちになるほど全身痙攣を起こすソード。この最高の反応に興奮したおれは、ソードの腰を掴んで乱暴に突いてやる。

「オラオラぁ、ブリッジ崩すんじゃねえぞぉ！　お前なら崩さねえよなぁ、ソードぉ！」

「はう♥　オホ♥　ひぐ♥　ひんじゃう♥　いつもより子宮下りてチ×ポとキス♥　マ×コみっちりチ×ポでぇ、膣道全てチ×ポにィ♥」

いつもと違うマ×コ。反ったマ×コの新たな感触に、二発目だというのに俺のチ×コはすぐにイキそうになる。

だが、それはソードも同じようだ。俺に突かれながら、ブリッジしながら、辺り一面に構わず潮《しお》吹いて撒き散らしている。

（チ×ポすごいチ×ポすごいブリッジマ×コにチ×ポヤバい！　チ×ポ大魔王！　チ×ポ神！　マ×コイクイクマ×コイクぅぅ♥）

たとえ、態度や口では何と言おうと、新たな体位で新たに知った快感にマ×コが壊れたように反応している。

「出るぅ、出るぅ、オラぁぁああ！」

「んぉぉおおっホおおおほぼぼぉごぼおおおお♥」

二発目なのに量も減らず、またもやたっぷりとブリッジマ×コに射精。ブリッジ状態だから、中出しした精子がドバドバと床に零れる。

「あへぇ、しゅごぉいお、チ×ポぉ♥」

そして、半目半ベロ、涙と鼻水と俺の口内射精した精子を垂れ流してアへ顔のソード。しかしそれでもブリッジをやめない従順な態度に俺はまた興奮してくる。

「へへ、ソード、そのままもう一回舐めてくれ。また勃起したらブチ込むからよぉ」

「はひ、あ、はひぃ♥」

もう百回ぐらい犯したかもしれないのに、まだまだ新たな発見と刺激とソードの魅力を知り、俺はまさに至福の心地でソードにお掃除フェラをさせた。

＊＊＊

「ふふふ、勿論御主人様はそれだけではありません」

更にソード同様にトワレに対して鼻で笑うマギナは……

「御主人様は身一つを使ったプレイだけで満足しませんよ。たぶんですけど、おそらくですけど、私全然詳しくないのですけど、御主人様は道具を使ったプレイを所望されるでしょう！　無理やり出させたり、異物を入れたりとか、あとは肉体を変化させるクスリを開発させて母乳を出したり、身体を小さくして弄んだりとか……うふふふ、小さな卵を使っての産卵散乱大会とか……うふふ、ご主人様にとって女の穴とはどの穴であろうとも、何かを出すだけでなく入れるものですので♥　もちろん、その穴はオマ×コや口マ×コだけでなく、ケツマ×コも当然開発対象なのです。振動する異物をケツマ×コにぶち込んで激しく出し入れさせて肛門決壊させて、その姿のまま四つん這いで外を散歩させ、ケツマ×コバカになっている状態で容赦ないチ×ポ挿入ラブラブワンワンブヒブヒ交尾もさせたり、最後は片足上げて壁に向かってオシッコさせられるのですよ！　ちーっと……むふふふふ♥♥」

＊　＊　＊

マギナは姫という身分でありながら、強く、誇り高く、そして何よりも美しい存在。だが、その女も今では俺の命令で何でもするし、俺とヤレば最近ではどんどん身体が開発されているから色んな反応も見せる。喘ぐ。潮も吹く。

だけど、それでも未だにどこか姫としての威厳や気高さ、まだ快楽に完全に屈していないメンタルみたいなのがマギナには残っている感じがしていた。それがかえって興奮したりもするが、一方でたまにはその全てを滅茶苦茶にして、マギナをただの下品な雌豚にしてやりたくなったりもする。

「くっ、こ、このようなところ……な、なぜ……人に見られたらどうするというのですか?」

そんな想いを抱きながら、俺はマギナを連れて夜遅く、月明かりだけが照らして誰もいない帝都の公園へと散歩に来ていた。

マギナはここに来るまでも周囲の目をずっと気にして、怯えながら、泣きながら俺についてきていた。

こんな真夜中、誰も居なくて当たり前なんだけどな。

「おい、口調が元に戻ってるぞ？」

「うう……ぶひ……御主人様、こ、ここで、何をされるぶひ？」

「何って散歩じゃねーかよ」

そう、俺はこんな夜遅くにマギナを連れて散歩に来ている。だけど、ただの散歩じゃない。全裸のマギナを四つん這いにして歩かせている。

犬のように。ま、マギナは豚にしてるけど。

「うう、な、なぜ、この私が……このような……うう、ご主人様！　後生です、どうか、お屋敷に戻らせてください！　あ、くださいぶひ！　お屋敷に戻れば何でもしますぶひ！　中出し十連発もアナル攻めも肛門舐めもチンカス一気飲みもレインボー潮吹きも！　ですので、ど、どうか、外だけは……他人に見られたくないぶひ！　どうかァ！」

そして、これだけはやはり耐えきれないみたいで、泣きながらマギナは縋ってくる。今まで何十回も俺に犯されて、それこそアナルの皺の数まで俺に見られてるっていうのに、俺以外には見られたくないと抵抗してくる。

最近は屋敷の中なら何でも受け入れるようになったマギナだが、久々にこんな恥じらう乙女の姿を見せてくれて、俺はもう勃起が止まらない。もっとマギナを辱めたいと思うようになった。

「ほら、豚ならもっと豚らしく、尻尾をつけないとな」

「え、あ、そんな、またそのようなおもちゃ、おひぃ♥　んおぉ♥　ふぐっ、ぐぅ！」

俺は持参していた豚の尻尾の形をしたアナルプラグをマギナの肛門に挿し込んだ。案の定、マギナは悶えるような声を上げる。だが、ここは屋敷じゃなくて外だということを思い出して、マギナは慌てて口元を手で押さえた。

（ひ、酷い、このような所でケツマ×コに異物を挿入するなど……私に声を上げさせるため、屋敷ではなくこの場で装着させる辺りが非道……だ、だけど、何とか声は最低限に抑えました）

口元を押さえながら、生意気にも俺を睨《にら》んで見上げてくるマギナ。その目には決意のようなものを秘められているのが分かる。

（おそらく、どれほど懇願しても私の願いを聞き入れてはもらえないでしょう。ならば、耐えるしかありません。どうせ、公園ですることなど限られているのです。このままアナルプラグを装着したまま四つん這いで公園を一周。そして勃起しているご主人様のことですから、ベンチか何かに座って、挿入中出しセックス……そんなところでしょう。先が予想できていれば、何とか堪《こら》えられましょう）

肛門の刺激に品のない鳴き声を上げそうになったのを必死で堪え、そして俺に対する反抗心のようなものが表情から読み取れる。

そんなふうに簡単に堕ちてくれないからこそ、俺は飽きない。

「マギナ、ほら、オシッコでもしろよ」

「え、あ、え？」

「そこの街灯にさ。ほら、四つん這いのまま、片足をあげてよぉ！　豚だけど犬みたいによぉ」

それはマギナも予想外だったようだ。

マギナの顔が絶望に染まって絶句する。

お姫様が夜の公園に全裸で四つん這いになって片足上げてオシッコする。ヤバい。口にしただけで涎が出る。

「な、何を、おっしゃられて……い、嫌です！　そのような、お、オシッコ、こんなところで、外で？　片足を上げて犬のように？　わ、私は豚です！　犬じゃないのです！　ですので、そ、そのような行為は、どうか……おひん♥」

当然拒絶しようとするマギナ。そんなマギナに向けて俺は魔力を放つ。

すると、マギナの尻穴に挿《さ》さったアナルプラグが振動を始める。

「おひィ♥　ちょ、ご主人様ァ、んおぉ♥　ほぉん♥　おおぉ♥　お、おやめくださ、おひん♥」

振動は尻の穴を刺激するだけじゃない。マギナの直腸も刺激する。

するとマギナが口でどれだけ拒絶しても、マ×コからトロトロと愛液が零れ火照りだしているのが目に見えて分かった。

「へへへへ、振動マックス！」

「おほぉほおわあああ♥　ぉぉおおほごぉぉ♥　お、おやめくださ、おやめくださいませ、ご主人様ァ、ケツマ×コが大痙攣起こしておひィ♥」

「やめてほしければ、言う通りにオシッコしてみせろよ、マギナ！」

「ぐぅ、そんな、ぐぅ、だ、だめ、んぉぉ♥」

アナルプラグのねじ込まれたマギナの尻穴の隙間から汁がピュッピュッと噴いている。尻も汗ばんでいる。

（こ、これは、耐えきれません、何という鬼畜極まりない人なのですか、この御方は！　し、しかし、このままではケツマ×コが大決壊を起こし、何が出てくるか分かりません！　それを防ぐには、お、オシッコ、そ、そう、外での放尿、超法規的措置で、オシッコをチーするしか、嗚呼、この私が犬のように片足上げてオシッコなど、で、でも、もう！）

そして、マギナももう限界に達したようだ。色んな液を体の至る所から撒き散らしながらも、ついに四つん這いで片足を上げげた。

「ぐう、こ、これでよいのでしょうか、これで！」

「まだ、オシッコしてねーだろ？」

「そう言われましても！　だ、あひん、出そうと思って、おひ、すぐ出るモノではぁないん♥」

そりゃそうだ。オシッコは人に命じられて出るモノじゃない。したくなったら出るものだ。

だから、マギナに片足上げオシッコをさせたければ、いっぱい飲み物でも飲ませるか、もっとマ×コを刺激するかのどちらかだ。

「仕方ねえ、マ×コに刺激を送る手伝いをしてやるよ」

「ひっ！　ご、ご主人様、こ、この状況下で、チ×ポを？　な、ならば、せめてアナルプラグをぉ、ヌイてくださ、おひ、振動止め、ほぉん、い、いま、この状況下で、ご主人様のヤバ過ぎる勃起チ×ポでオマ×コ掻きまわされたら、わ、私はもう、もう！」

片足を上げて広げてくれているマ×コに、俺はとっくに準備万端だったチ×コを一気に奥までねじ込んでやった。

挿入しただけでマギナは腰と尻を激しくくねらせて反応する。

「はうぅ、ご主人様、チ×ポ、チ×ポ♥　こんなところで、あひ、オマ×コ犯されて、豚が犬みたいに、誰かに見られたら、あん♥　あぅ、だめ、いやぁん♥　嗚呼、だんだん、お腹が冷えて、催して、あふぅ♥　だ、だめぇ、おしっこ、いやぁぁあ♥　ぶひいい、ぶひ、ぶひいいん♥」

「へへ、うおっほぉ、締まるぅ、締まるぞマギナ、オラオラオラァ！」

「はぐっ♥　ぐはぁ♥　ンぎィ♥　よりにもよってぇ、孕めオラピストンなどぉ♥」

「くっはぁ～、さいっこ～！　ここ掘れワンワンってな！　オラオラオラ！　早くオシッコしろ！　幼い子供が遊ぶ公園に、元お姫様のロイヤルお漏らしオシッコ撒き散らせ！」

「いやでひゅぅ♥　んぎぃ♥　ぷぎゅぅ♥　ぶひ♥　ぶひぃいん♥」

マギナはまだ耐える。マン汁はこれでもかと盛大に撒き散らしているのに、オシッコだけはしてたまるものかと全身全霊をかけて耐えているみたいだ。

「まだ耐えるとはしぶとい奴だぜ。だが、そんなにマ×コばかりに集中していいのか？」

「ぶ、ぶひぃ？」

なら、ダメ押しをしてやる。俺はマギナの肛門に突き刺さったままブルブル震えているアナルプラグを掴む。

「んひょっ♥　ごご、ご主人様ぁ！　な、ま、まさかぁ！」

マギナが喘ぎ散らかしながら恐怖で慄いた表情を浮かべている。そのまさかだ。俺はマギナに刺さったアナルプラグを乱暴にズボズボ出し入れした。

「オラオラオラオラ、肛門責めがバイブだけだと誰が言った！」

「あぴゃぁぁああ♥　らめぇ♥　こりぇばびゅ♥♥　野外でオマンコ孕めオラピストンとケツマンコバイブ破壊高速ズボズボ同時攻撃にゃんてぇぇええええ♥♥♥」

尻穴への刺激、そしていつもと違って外で誰かに見られるかもしれないという緊張感や背徳感がマギナをいつも以上に興奮させ、いつも以上の締め付けで、俺は我慢できずにすぐ果てる。

「出る、おお、出るぞぉ、だからお前も出せよぉお！」

「ぶひい、ぶひ、ぉおお、ぶひいいいい♥」

吸いつくされるかのように締まりまくったマギナのマ×コに当然中出し。

（嗚呼《ああ》、出てる、すごい、気持ちいい……なんですか、この解放感は？　この世の全ての細かいことがどうでもよくなるような、もうバカになってチ×ポとオマ×コの世界に浸《ひた》っていたいようなこの境地は……嗚呼、出そう、耐えられない……いけない……なぜ、いけないのです？　もう、私は姫でも何でもないのです……もはや底辺以下の雌豚肉便器になった私は、周囲の目など何も気にせず……そう……だから、解放してもよいのかもしれません。どうせ、今更私が何をしようとも、誰も文句を言われないでしょう。そう、もう出してしまいましょう）

するとと、俺の射精した精子をマ×コからポタポタ零しながら、マギナの尿道口が激しく躍動。

「あぅぅ、う、催《もよお》してきました、ご主人様、お、おしっこ！　嗚呼、ぶひ、わんわん、でちゃいま、い、あ、あはぁぁぁ♥」

そして、とうとうマギナは聖なる黄金水を撒き散らし、公園の地面に水たまりとゆらゆらと湯気を生んだ。

「やった、へへ、ついにお漏らし！　マギナぁ、なんてみっともない、なんてエロいんだ！」

あのマギナが公園で四つん這いになって片足上げてオシッコする。見たかった光景を見ることができて、そしてそれが予想以上にエロくて目に焼き付いた。

そして何よりも……

（嗚呼、出てます、まだジョボジョボとオシッコが出ています。アナルプラグでケツマ×コを激しく掻きまわされ、ご主人様のすごすぎるチ×ポにトドメを刺され、私はもはや人間失格、犬や豚のごとく愚かで下品で最低なことをしてしまいました。だというのに、何なのでしょう、この何か重い重責から解き放たれたような解放感は。スッキリした気持ちは……）

オシッコを出せるだけ出してスッキリしたマギナが、どこか気持ちよさそうに笑みを浮かべていたように見え、それがまたたまらなく魅力的に見えた。

＊　＊　＊

「ふぁあああ！？　え……い、いや……え……わ、う、うそ……だよねぇ？　ハビリ……」

「ち、チガウマス！」

た、たしかに前回は……マギナにアナルビーズ付き尻尾をケツに差し込んだまま公園を四つん這いで散歩させて、オシッコもさせたけどぉ、それはもう、あくまで前回の話であって……今回の俺はそんな非人道的なことは絶対にしな……今回……の俺？

「『あと、オシッコは当然飲み物扱い』」

「うぇえうぇ!?　お、おしっ、え!?　うそ、うそっこでしょ！　お、オシッコ飲むって、え？　え？　うそ、でしょ？」

どうして、俺が本来そういう奴だって、二人はここまで知って——

「ガタガタブルブル——せ、先輩にエッチなお礼をと思ったけど、せせ、先輩、そ、そんなすごい世界の住人?! ぼぼぼぼ、僕には、そ、そんなことぉ!? ちょっとおち×ちんぺろぺろ舐めて、せっくす……そ、それだけじゃなくて……そんなことまで……ぼ、ぼく、ぼくに先輩のオシッコなんて飲めるの? ううん、それより、裸で四つん這いで散歩って……誰かに見られたら死んじゃうよぉ!」

って、いかん。ネメスまで顔を赤くして目を回している。

「「つまり、それぐらいが普通のこと。それもできないからお子様なのだと♥」」

そんな中、自分たちはできると言わんばかりに胸を張ってそう告げるソードとマギナ。

「ぐ、う、うぬぬ……ぬぅ!」

するとトワレは、我慢ならないといった様子で体を震わせ?

「そ、それがなーに?! 重要なのは、え、エッチして、ハビリの子供を授かることだもん! そう、それが一番大事だもん!」

「「ッ!?」」

俺に怒りを燃やしたのかと思いきや、今のソードとマギナの挑発に意地を芽生えさせた。

あっという間に俺の膝上でスカートをまくり上げ、既にグショグショの黒パンツをズルズルと脱ぎ去る。そこには、薄毛の生えたトワレのマ×コが……

「ぬっ、トワレ姫、何をッ！」

「ちょ、お待ちを！　あ、あなた、何を！　まさか！」

トワレ、まさかこのまま……すると、トワレが俺のチ×コの根元を握って……あ、姫が素手で
俺のチ×コに触れ——

「おしっこ飲んだりしなくても、コレが一番——」

「「だ、ダメッ！　やめ——」」

そのまま自分のマ×コに擦りつけて……いかん！

「だ、ダメだァ、そ、それはやっぱり！」

「わ、ハビリ、急に動かな——」

——ずぶりゅんぬぅ♥♥♥

「んごぉあああ!?」

「……あ……」

「んなっ!?」

「ふぁ!?」

「ひ、姫様!?」

「え、えええええ!?」

今この瞬間に姫の処女を奪うのはまずい。そう思って慌てて俺は身を捩《よじ》った。

その結果、俺のチ×コはトワレのマ×コの穴の上を滑り、しかしその傍にある別の穴に一気に入ってしまった。

「ほ、ほ……おっ……オゴホぉああああああああああああああああ！！？？？」

アナルである。

普通は散々濡らして、指などでほぐしてから少しずつ挿入していくべきなのに、何の準備もしていないトワレのアナルに、俺のチ×コがねじ込まれてしまった。

俺のがカウパーにまみれていたことも、見事に良い潤滑となってしまった。

「ほわァあああああ、あんぐあああああ、ふぁああああ、んぎいいいいいいい!?」

いっぱいに広がるアナルは、俺のチ×コをギッチギチに締め付けて、そしてトワレは姫としての可愛い表情が完全崩壊して、鶏を絞め殺した時のような顔と悲鳴を上げた。

「な、なんと！　ぼ、坊ちゃまのチ×ポを問答無用アナル挿入!?」

「ケツ穴確変!?」

「姫様ああああ!?」

「あ、あわ、あ、わ……」

思わぬ事態に流石に全員が慄《おのの》くなか、発狂したように身を捩るトワレ……だが、挿入状態でそう暴れられると……いかん……しかも俺は今回のループで全然ヌイてないから……

「や、やばい！　ピストンもしてねえのに……い、いきなりのこの締め付けで……も、もう出る！」

「ふぇ?!　ふぁ、おんごぉ、ふぎぃ!?」

こみ上げてくる極限まで高ぶった射精欲。

「こ、腰が、勝手に……うおおお、くそおおお！」

「んばァ!?」

「うおおおおお！」

「ばっぴゃああああああああああ！！？？」

自分の意志などなく、ただ体が限界を迎える。

耐えられない。

俺はトワレを抱きかかえながら、気づけば腰をアナルに叩きつけていた。

「ぬおおお、ぼぼぼ、坊ちゃまの問答無用ピストン!?」

「ぎちぎちヌポヌポと女の穴を破壊改変するかのごとき勢いの!?」

だめだ、昔の俺と違って、今の俺は数ピストンで限界——

——どぴゅっっっっっぴゅる♥　びゅぷ、どぴゅぴゅぴゅ♥

「ひゃんがァああ!?　あ、んひいい!?　で、はい、んひ!?　ハビリのぉ、んいいいい!?」

そして、俺はトワレのアナルに全てを解放してしまった。

「あ、嗚呼ァあああ、小生の坊ちゃまの童貞がァ！　い、いや、アナルと言えども、ぐぬぬぬぬうん！」

「し、しかも、しかもいきなり直腸射精……な、なんと羨ましい……憎い！　憎い！　私のご主人様！」

やばい、とまらねえ！

トワレのアナル気持ち良すぎ！

まだ出てる！

「あ、あひ♥　お、おぼ♥　あ、あぅ……」

そして、処女なのにアナルセックスから始まってしまったトワレは、俺のチ×コをアナルで咥えこんだまま、痙攣してぐったりとしてしまう。

「と、とりあえず……ぬ、抜くぞ？」

「んほぉ、お!?」

流石にこのままってわけにもいかず、俺がチ×コをアナルからヌポッと引き抜き、一度膝の上から降ろすと、トワレは両足をがくがくさせながら、テーブルに突っ伏した。ヒクヒクしまくっている肛門から俺の精子がトプトプと溢れ出ている。

もはや意識が飛んでしまっているトワレ。

事故とはいえ初手アナルセックスをしてしまい、俺も罪悪感。

ピクピクしているトワレを横たえながら、俺が自分の行いに頭を抱えていると……

「ですが、坊ちゃま！！！　まだ勃起は終わっておりませぬ！　もう、もう、マ×コ初中出しは小生がもらいます！」

「ええ、まだまだ満足されていませんねぇ？　オマ×コ挿入膣内射精の最初のお相手……これだけは譲れません！」

と、鼻息を荒くするソードとマギナ。

そう、俺の勃起はまだ終わってない。

あと何回かは余裕で出せるぐらい。

それを見て二人の奴隷美女は床の上で転がって、ソードは大股開き、マギナは四つん這いになってそれぞれ俺を誘うように……

「小生はあらゆる箇所の洗浄は常にできております。アナル一つで意識が飛ぶ姫とは違います！万事抜かりなく！　マ×コ、口、ケツ穴、いつでもどこでも何度でも♥」

「御主人様、あのようなオボコな小娘姫では耐えきれぬ、あらゆる道具もクスリもこの身でお試しくださいませ♥　プレイ用の新鮮な卵も買ってあります♥　このマ×コにもケツ穴にも卵を入れてもかまいませんよ？　でも、まずはオマ×コからお願いします！」

「わ、あ、ぼ、僕は……そ、そこまでは無理だよぉおおお！」

ソードとマギナは真剣な顔でこのままヤル気のようで、ネメスはビビりまくっていて……

「もう、もう今日は勘弁してくれェ！　もうお前ら自分の部屋に戻れ！　俺の部屋に入るんじゃねえぞっ！」

「はう、坊ちゃまに怒られた♥　怒られたということはペナルティ♥」

「さぁ、御主人様、このいけないメスブタの尻をぺしぺしお仕置きを♥」

「もう、ヤダあああああああああ！　俺は逃げるッ！」

「「ああっ、アナルチ×ポ挿入を見せつけられたうえ、手出しされずに放置!?　何という残酷極まりない鬼畜なお仕置きッ!?」」

だからって、今の俺が手を出すわけもなく、とにかくとんでもない一日になってしまった。

とりあえず、姫に手を出してしまったが、アナルだから妊娠の恐れもないし……不幸中の幸い？


何とか今日を乗り切れた……か？


敗者復活試験当日。もしまたネメスが不合格になったら、大変なことになるが、今日は何も心配いらなかった。

元々才能やら頭の出来やらは桁違いだった。魔法のコツが分かっていなかった前回の受付審査は別にして、ネメスは無事に敗者復活試験もパスした……のだが……

「す、すげえ……な、なんなんだあの女の子は!?」

「最終試験……現役魔法騎士団員との模擬戦は、どこまでやれるかを見る試験なのに……」

「か、勝っちまったぞ!?」

最終試験会場となっている闘技場は観客席も設けられて一般開放されている。

これには在学生たちも多くが見学に来ている。

そこでとにかくネメスはやらかした。

目立ちまくった。

魔法学園入学前の生徒なんかが、魔法騎士団と模擬戦をやって勝てるわけがない。

そういう前提で組まれた試験。

しかし、ネメスはそれに勝っちまった。

「えへへ、やったァ!」

ショートの髪に女の子らしい髪留めを着け、『スカート』もヒラヒラさせながら、剣を天に向かって掲げてネメスは微笑《ほほえ》んだ。

「「「「しかも、可愛いいいいいっ!!!!」」」」

堂々と女の子として……

「目立ってんな～(まぁ、これぐらいはやるだろうけど……でも、まだ微妙だな……普通の天才くらいで、あいつは本来もっと……)」

「まぁ、あの者の潜在能力であれば当然でしょう(それでも前回に比べれば物足りぬが……)」

観覧席で思わず呟いた俺にソードも頷いてきた。

これは前回無かったこと。

本来ネメスは俺との決闘での活躍だけで特別に合格したんだ。

しかし、今回は大幅にズレた。

この敗者復活試験もそうだし、何よりもネメスが女だと公になっている。

前回は学園の中でもあいつは女子にキャーキャー言われていた。

だけど今回は……

「ネメスちゃーーん！」

「かわい～な～」

「俺、ちょっといってみようかな？」

「うん、あの子可愛いよね……それに強い……憧れちゃうな～」

「お友達になりたいよね？」

「貴族の子じゃない平民みたいだけど……でも、いいよね？」

「むしろその方が親しみ持てるかも」

男子からは惚れられ、女子からは親しみを持った眼差しで。

何よりも……

「えへへ、ハビリせんぱ～～～い♥」

「「「「ッッ！！？？」」」」

俺に対しての接し方が前回と大幅に違う。

前回は俺を見下し軽蔑していたのに、今回は雌顔の眼差しで懐《なつ》いてくるもんだから……嗚呼ほら他の連中も一斉に視線をこっちに……

「今日から僕、正式に先輩の後輩ですよ～～～！　よろしくお願いしま～～～す！　えへへ、楽しみだな～」

もうウキウキしながら照れ照れと顔を赤らめて俺に手を振ってくるネメス。

それだけで他の既に合格が決まっている新入生や、在校生たちがボソボソと話している。

そしてもう一つ……

「ふ～ん、あの子この間の受付で……やるじゃないの！　パッと見た感じ、他の新入生の男子はザコザコばっかだけど……でもあの子、男に媚びてるのムカつく！　おまけに貴族になんて……いや、あの貴族の男はまあまああの男だったけど……」

「主よ……彼の者の可能性は見極めました……彼女ならばこの暗黒の世を終わらせる光となるかもしれません」

居たよ……ネメスの同級生となり、後に『奇跡の黄金世代』と呼ばれる面々……こいつらは既に先日の試験で余裕で合格しているみたいで今日は高みの見物。

正直、最後の方のこいつら全員の関係性は分かっていなかったが、俺がループ前にまだこの国に、そして学園に居た頃は、こいつら全員ネメスに恋をしていたと思う。顔がまさに今の蕩けた雌顔のネメスみたいだったし……だけど今はそれが無い。

恋する男と共にではなく、同じ女同士の仲間としての奇跡の黄金世代になるわけだが……そのことで何か問題は……ないの……か？

そもそも姫のトワレだって前回はネメスに惚れていて、無理やり権力乱用してネメスのクラスに特別編入して押しかけて、そのまま奇跡の黄金世代に入ってたっぽいのに……俺の許嫁《いいなずけ》になっちゃったし。

ソードとマギナも色んな意味で今回は変だし……

「先輩先輩、せ～～～んぱい♥」

「わァ!?」

と、俺が色々と考えているところで、ネメスが闘技場からジャンプしてここまで飛んできてた。

そしてこれでもかという雌顔で……

「えへへ、先輩……僕……帰ったら……ご褒美欲しいです♥」

「……か……」

かわいい……じゃなくて！

「ぬっ……おい、ネメスッ！」

「わっ!?　ソ、ソードさん……」

と、そこでネメスの首根っこを捕まえて俺から引き剥がすソード。

「たかだが入学できるぐらいでご褒美とは笑止千万。勇者を目指すのであれば魔王や六星魔将軍を討つぐらいでなければな。この程度では坊ちゃまのフィンガーテクニックすらもらえぬだろう」

「ふぇ?! そ、そんないきなり……あ……で、でも、そうするとソードさんもそれぐらいしないと先輩とは……」

「ふぁっ!? ななな、何を言う! 小生はまた別であり、小生は坊ちゃまの肉便器としていつでもどこでも使用可能なわけで貴様とは立場が違うのだ! 身の程を知れ!」

「なんですかー、それは! 先輩はそういう酷いことしないですしー! 残念でしたー!」

ホントはそういう酷いことする奴なんだが……いずれにせよ、とりあえず勇者ネメスが学園に入学できないという展開は避けられてホッとした。

そして、それはそれとして色々とズレてきたこの世界についても今後のことを考え直さなきゃな。

前回はこの後しばらく学園生活でネメスゲー、バンザーイ、かっこいー、すてきーな感じになり、更には学園内のイベントやら他国の魔法学園との対抗戦やらでネメスの名前は瞬く間に有名になり、そしてどんどん成長していく。

その果てで、まずアレが起きる。

今から半年後だ。

親父や兄貴たち国の主力が遠征に出ているところを、魔王軍を代表する六人の大将軍、六星魔将軍の一人がこの国を襲撃し、それをまだまだ眠れる力があって覚醒したネメスとその仲間が撃退する日。

俺は避難所で隠れてたな。

ただその日、六星魔将軍の一人を討ち取りはしたんだが、奴らの襲撃による爪痕は大きく、それに巻き込まれて……

トワレ姫が殺される。

今から数ヶ月後に行われる、人類の大規模な奪還戦。

それには、王子や親父や兄貴のような人類の主力級の戦力が投入されてた。

その戦略は図に当たり、結集した人類は魔王軍が占領していた領土を大幅に削り、撤退させた。

それは人類の勝利……のはずだったが、それを囮《おとり》として裏では魔王軍の別動隊が手薄になった帝国に攻め入っていた。

帝都は襲われ、街は破壊され、帝都民たちにも多くの犠牲者が出た。

だが、それによって帝国が敗北することは無かった。手薄となった帝都の防衛、さらには六星大魔将という怪物に人々が絶望する中で、まだ学生だった魔法学園の生徒たちが立ち上がり、これを撃退したからだ。

その立役者が勇者ネメスであり、奇跡の黄金世代と称えられる者たちだった。

だが一方で犠牲がゼロだったわけじゃない。

その黄金世代の一人であるトワレ姫が死ぬことになる。

皇帝はトワレの死にショックを受けて、しばらく精神を病んだりする。

その結果、「お前たちが遠征に行かなければトワレは死ななかった、魔王軍も帝都を襲わなかった！」などと宣《のたま》って、軍総司令だった親父や兄貴は皇帝の命令でメチャクチャな死地に送られて、そして死ぬ。しばらく帝国は暗黒期のようなものを迎える。

で、その時期には俺もまぁ、それまでの色々モロモロで国から追い出されて放浪してた。

その後、王子が無理やり皇帝から権限を奪い取り、帝国は再び復活し、そしてネメスと共に一致団結して魔王軍に立ち向かうんだ。でも、その王子も途中で死んで、その後もそんな事件や動乱が続いてたらしいが、俺も当時はそれどころじゃなかったからよく分からん。そうだったという話は噂で聞いた。

「ハビリ〜〜、ちゅぅ♥」

「んぐっ!?」

「れろ♥　ちゅぱちゅぱ♥　……あはっ♥」

つまり、それらをどうにかするには……

「ねえ、ハビリ。一緒にお風呂はいろー！」

「……うぇ？」

この、いきなりキスしてくるわ、抱き着いてくるわのお姫様を死なせないようにするしかない。のだが、当の本人はまったくこっちの気も知らずに能天気で頭お花畑。俺が帰宅して早々、スケベに誘ってくる始末だ。まぁ、無理はないけど。

「いや、な、なんで？」

「だって、ハビリってスーパードスケベなんでしょ？　でも、私も流石にいきなりハードなのには耐えられないと思うから、お互い裸でちょっとずつ～っていうのがいいかなって思って……またオッパイ触ってもいいし～……それで～、女の子のアソコは～、ハ、ハビリの頑張りしだいで、いけちゃうかもよ？　あと、それでね……」

「ん、ん？」

「ま、また……この前は意識飛んじゃったけど……お、お尻……にまたしてもいいよ？」

「………………」

「ち、違うよ？　わ、忘れられないとか、お尻から出たり入ったりが気持ちよかったとかじゃなくて、ハビリが気持ちよさそうだったって聞いて……あ～～～もう、ね、しよ！」

前回の俺なら秒で押し倒して、何なら毎日複数回は抱き倒しているであろう魅力的な提案。

お姫様ってこんな積極的だったんだな……そういや、前回もネメスに惚れてた時は結構積極的に頻繁に学園の中でも抱き着いてたっけ？

「あ～……それはァ……まだ早いかな～っと……」

「え～～～？　そうかなぁ？　もう、チュウもおっぱいもお尻もしたんだから、むしろ次こそはだよぉ～！」

ただ、一個問題がある。

「かちんこち×こさんは、やる気満々だよ？」

「ふぁ、い、いつの間に!?」

「えい、えい♥　えい♥　おち×こさんも、私で気持ちよくなりたいよね？　んふふ、うんうんって、ピコピコ頷いているよ？」

このお姫様は帝都が魔王軍に襲撃されるまでの間にネメスと出会い、惚れ、親密になり、ネメスもトワレと親交を深める。

もちろん恋仲にはならなかったし——そもそもネメスは女だったから無理なんだが——ただ、それでも友情的なのが芽生えていたのは事実。

そして学園の中で様々なイベントやらを乗り越えて活躍し、帝国中に名が轟く奇跡の黄金世代と呼ばれるほどにまで絆を深める。

だからこそ、そのトワレが死んだときには、ネメスの怒りの覚醒的な光が天まで届き、その力で敵を討った。

でも今は……

「あ、あの、トワレ姫……その、せ、先輩は嫌がってますし……」

「な～～にィ？　文句あるのぉ？　っていうか～、ネメスは試験合格して寮に入れるんだから、もうそっちに行けばいいのに～」

「え、そ、そんな……で、でも僕は先輩にまだお礼をしてなくて……」

と、こういう感じで二人は知り合いではあるのだが、前回とは全然違う状況になっちまったということだ。

トワレを死なせないようにして、ネメスを覚醒させるってどうすりゃいいんだ？

そもそもまだ一回目の覚醒だって前回より弱いし。

たとえば、死なないまでも……そう、ピンチ。ちょっとピンチになるぐらいに追い詰めるとか……そうなれば覚醒させられねえか？

そして怒りで覚醒させるためには、やはりトワレとネメスの関係も良好でないといけない。

「ハビリは私とお風呂入るでしょ？」

「せ、先輩、僕、先輩のお背中を……そ、その……」

そのためには友情を……そう、例えば今みたいに争うようにするんじゃなくて……共通の敵みたいなのを作らせれば……共通の敵？

よし、ならば……

「あ～～～、もうメンドクセーな。それなら……くははは、俺の尻の穴でも舐めたら一緒に入ってやろうか？」

「「……え？」」

俺は前回の自分……下衆でクズでクソ野郎だった自分を思い出して、笑みを浮かべると、俺の突然の発言に耳を疑い、ポカンとする二人に言い放ってやった。

「けっ、もういい子ぶるのはやめた。両方とも俺の性処理人形にしてやるよ」

「せ、先輩……え？」

「ハビリ……何を……」

笑みを浮かべたまま、裸足になって俺は二人に足を突き出す。

「やれやれまだ気づかねえのか？　チョロい女共は頭もおめでたいんだな。俺がこれまでいい子ぶっていたのは、お前らを俺のオモチャにするためさ。残念だったな、わはははのはー！　どうだ、俺はとっても悪なのである！」

「「…………」」

「だが、それも今日までだ！　二人には俺がたっぷりエロいことしてやらァ！　ほら、まずは俺様と風呂に入りたければ、俺の尻の穴を舐め――」

これで二人は俺を「女の敵」みたいに認識して、侮蔑と軽蔑を――

「先輩……あの、演技下手……って言われませんか？」

「なーに？　わざと私たちに嫌われようとしてるのー？　っていうか、エッチなことするためにいい子ぶってたなら、いい子ぶったままエッチしちゃえばよかったのに、なんでいきなり『俺は悪い奴なんだー』みたいなことするの？」

「うぇ……？」

二人は侮蔑と軽蔑ではなく、何だか俺の考えなどお見通しだとばかりに半笑いだった。

「ぶちゅぶぶぶぶぶ♥」

「ひゃぅん!? な、え!?」

「「あっ！！？？」」

ただ、その時だった。

いつの間にか俺の背後に現れていたマギナが、素早い動きで俺のズボンをパンツごとずり下ろし、俺の尻の割れ目を手で左右に開いて舌先を伸ばして、俺の肛門に舌をねじ込んできやがった!?

「ママママッマ、マギナァ!?」

「じゅぞぞぞ♥ ぷはっ……ふふふふ、御主人様……言質は取りましたよ？ ケツ穴舐めたらお風呂ですね？ うふふふ」

「え、え!?」

「では、全身洗体させていただきます♥」

そして、普段は鉄面皮なのに、この瞬間は淫魔のような笑みを浮かべるマギナ。

戸惑う俺の返答を待たずに、マギナは俺を無理やり脇に抱えてそのまま走り出した。

こいつ、ソードと違って魔法職なのに、何でこんなに力が……

「わぁ、ず、ずる、そんな……うう、先輩、ぼ、僕も舐めますからァ！　僕もお風呂に！」

「ひどいよぉ！　ずるいよぉ！　わ、私だってそれぐらいできるよぉ！　だから私もぉ！」

ダメだ、こ、これは本当に全員で――

「先輩の、う、うう、お尻の穴……ええい、いきます！」

「お、お婿さんの体はどこでも……うぅ～、キスならいくらでもできるし、お、おち×ちんをぺろぺろするより障壁高いけど……お尻……舐めちゃうッ！」

ちょ、まずい！

「あっ、何を！　ご主人様を返しなさい！」

「「返しません！」」

いかん、今回の世界では初めて尻の穴を舐められて、その快感で両足に力が入らない。

マギナから二人に奪還された俺だが、そのまま風呂へ続く廊下の上でうつ伏せにされて……

「ぺろぺろ、ぺ、ぺろ♥」

「あむ、ちゅぶる、ちゅ♥」

なんということでしょう!?

「はうあんほぉ!?」

俺は、この地上の、そして人類の盟主たる帝国の姫に、そして人類の希望の勇者に、同時に肛門を舐められ――

「あは、せんぱい、びくんってなりましたね♥ 変な声もあげてますぅ♥」

「エッチ～、きもちーんでしょぉ？ 最初はやだなぁ～って思ったけど、一回舐めたら全然平気！ むしろ、びくんびくんしちゃうハビリをもっとイジメちゃう♥」

しかも、ふ、二人とも、すごい乗り気!?

「くっ、ご主人様……ならば、舐められている間、私のパンティーマ×コにお顔を預けるのはいかがでしょうか？」

床にうつ伏せで身動き取れない俺の顔を持ち上げて、マギナのパンツがドアップ……って、ェ！

「ま、待てぇ、まて、マギナ！ それにネメスもトワレも！ 俺たちはこんなことしている場合じゃないはずだぁ！」

「「「？」」」

とにかく、俺はもう過ちを犯さない……物凄い魅力的な展開であるが、煩悩を必死に押し殺す。

抑えろ性欲、煩悩、勃起、射精欲！

「王子や親父も言ったように、俺たちに親密になれとか、愛人認める的なのもあったが、同時に俺に対して求めるものを変える、相応しさを求める的なのも言ってただろうが！ つ、ま、り、ここで同棲《どうせい》始めていきなり大乱交なんてヤッてみろ、すぐに俺たちは終わりだぞ！　やはり婿にもふさわしくないとか、奴隷の所為で堕落したとか、色ボケした女は勇者にふさわしくないとか！」

「「「むっ……」」」

そう、親父たちは別に俺らに「好き放題にしろ」などとは言ってない。ここで怠惰で淫らな性生活に堕ちようもんなら……

「うぅ……た、確かにそれはありえるかも……兄様は……」

トワレも俺の言葉にハッとしてくれた様子。

「ネメス、お前はようやく補欠合格したレベルだろうが！　本来なら寝る間も惜しんで剣でも振らなきゃならないんじゃねえのか！　まだ授業も始まってねえんだぞ？　お前の目標は入学か？　それとも勇者になることか!?　男の尻の穴舐めてる場合じゃないぞ！」

「う、そ、それは……たしかに……」

「マギナも、あんまりエロいこととして……お、俺が、堕ちたらどうするつもりだ！」

「そのときは私が養います。いえ、むしろドンと来い？」

そして、ネメスも羽目を外し過ぎていると自覚してくれて神妙な顔。マギナはブレねーな……

「と、とにかくだ、仮にだ、そ、そういう、え、エロいことをするにしてもだなぁ……たとえば、うん、魔王軍の六星魔将軍を倒せるとかそういう快挙でもあれば別だけどな？」

「えぇええええ、何それぇ！　そんなのメチャクチャだよぉ、ハビリ！」

「そそ、そうですよ、先輩！　い、いきなり何でそんな目標なんですか？」

「む……それはまた何とも……」

とにかく差し当たっての目標は数ヶ月後に襲ってくる魔王軍の六星魔将軍対策。そのためにはネメスには特に強くなってもらわないといけない。

まだピンと来てねえようだが……

「それぐらいの偉業を成し遂げたら、プライベートで多少の羽目を外しても王子も親父も何も言わねえだろうが！　おお、そんときゃー、お前らの望むことを何でもしてやるぜー！」

「「「……ナンデモ？」」」

と、そのとき……三人の目が急に変わって……

「ナンデモ!?　ナンデモとな!?」

急に廊下に勢いよくあいつまで現れた。

「わ、そ、ソード!?」

「坊ちゃま……今、小生にはそう聞こえましたぞ？　ナンデモ？　ナンデモ！　何でもぉおおおお!?」

ソードまでも、目が……

「ふ〜ん、そっか……でも、それぐらいのことをしたら、確かにだよね〜」

「魔王軍の六星魔将軍を討ったら……先輩が何でも言うこと聞いてくれる……何でも……何でも♥って、ダメダメ、そんな不純な理由で僕は頑張るんじゃないんだから……」

「ふふふふふ、坊ちゃま、言質は取りましたぞ？（これは好都合……つまり、攻めてくるあの魔将さえ殺せば……うぇへへ♥）」

「ナンデモ、ハアハアハアハアハアハアハアハア、ナンデモ♥（なるほど、随分と面倒ですが……ソレさえすれば御主人様は私をクソメスブタ扱いしてくださる♥）」

あれ？　俺……なんかヤバいことを口にしてしまったか？

魔王軍の六星魔将軍を倒せるぐらいになったら、俺らも多少ハメを外してもいいかもしれない……という、あまり考えずに言った言葉だ。

まあこんな不純すぎる動機で、「奇跡の黄金世代」と呼ばれ、後に人類の希望、英雄となる勇者たちがやる気を出すわけないけどな……。そう思いながら俺は自室に引っ込んだ。

（ちっ、やはり現時点の小生の筋力などは前回ループ時よりもまだ格段に劣っている……が、どうすればあの時点まで引き上げられるかも既に小生は知っている。何よりも、前回の人生で戦いながら編み出した奥義のやり方も小生は分かっている……魔力による身体強化技……アレを序盤から身に付けようぞ！）

翌朝、目を覚まして窓から外を見ると、既に庭には剣を持って意識を集中させているソードが居た。

「はぁあああ！　奥義・ブレイクスルーッ!!」

な、なんだありゃ!?　ソードが光った！　ネメスみたいに全身が輝いて……

「でりゃあああ！　そりゃあああああああ！」

剣を振り回し……速いッ!?　え、うそ、目が追いつかねえ……って、あいつあんなにすごかったのか!?

前回はあいつとヤルことと、チンピラと戦わせるぐらいしか俺はあいつの力を知らなかったけど、あんなことできるのか？

俺も体動かそうかなと早起きしたら、前回知らなかったことがここにも起きているとは……。

「ぐう……ダメだ！　これでは……『今の小生』では1分が限界か……もっと持続時間を延ばさねばな」

しかも、アレだけ凄いのに本人は全然満足していない様子。

なんてストイックな……

「俺も負けてられねえな……よし！」

俺も蒼炎を使っての色々な工夫のコツが分かってきたしな。というか、頭で思い描いたことを形にすることができる気がしている。

ただ強くならなくちゃいけないという義務感だけでなく、もっと自分を試したいという気持ちも芽生えてきた。

ひょっとしたら、訓練次第で案外俺も勇者的な――

「あれ？　マギナ？」

ふとソードが鍛錬《たんれん》している表の庭とは反対の窓から外を見ると、裏庭にマギナが佇んでいた。

朝の掃除でもしているのかと思ったが様子が違う。

アレは……

（前回は余計な魔法を多数覚えていましたが、今回は取捨選択し、その分一つの魔法の質を向上させましょう……何故なら今回の私は既に……私自身も知らなかった封印された特異体質『呼吸で魔力回復』の存在を知っているのですから！　亡くなったお父様が私を戦争で利用されないためにと体内に施した封印術……ネメスたちとの冒険の途中に出会った占い師に教えてもらった解除方法を今の私は知っているのです！　つまり、序盤から私は無敵です！）

足元に何やら魔法陣を引いている。アレは確か、魔法による封印を解呪する的なやつだったと思うが、あまりにも高度な術式過ぎて俺には何が何だか分からん。

「大魔解除ッ!!」

「ッ!?」

次の瞬間、マギナの足元の紋様がマギナの身体に巻き付いていき、そしてやがてそれが全身に侵食した瞬間、マギナの身体を覆っていた紋様がガラスのように砕け散った。

すると……

「ふっ……ふふふふふ……漲《みなぎ》りますねぇ」

「ッ!?」

ちょ、ちょっと待て！　何だ……この禍々《まがまが》しい……見ているだけで震えるような魔力の質は！

前回までは奴隷の首輪に反逆防止以外に魔力封じを施していた……だけど今回は俺がソレをさせなかったから、今の二人の首に巻き付いているのはただの首輪。

俺は首輪そのものを外したかったのだが、ソードもマギナも首輪にはこだわったから残してはいるが……力は封じられていない。

ソードだけじゃない。

解放状態のマギナって、こんなヤバかったのか?!

「ふふふ、とはいえまだ私のこの魔力に肉体がついていかないでしょう……当面は魔力に耐え切る身体能力の向上……強くならねば」

「ッ!?」

そして、ソード同様にマギナもまだまだこれで満足していないという様子で、更なる高みを求める言葉を口にした。

「な、と、とんでもねぇ……す、すげぇ……」

俺はその瞬間、全身がゾクゾクと身震いしていた。

そして改めてソードとマギナにネメスたち同様の「黄金」の可能性を見た。

これが正真正銘、勇者の仲間として人類と世界を背負って立つ傑物。

俺も最近では自分も結構やるもんだと思い込んでいたが、鼻っ柱をへし折られたような感覚だ。

「そうだ……前回、俺があいつらを飼い殺しにして非道なことさえしなければ……あいつらは……人類は……世界は……」

だからこそ、前回の人生での俺の罪は重い。

もっと早くにあいつらを解放していれば、もっと違った未来があっただろう。

「だから、今度こそ間違えねえ……よーっし、俺もやるぞー！」

黄金の輝きを朝から見せつけられたんだ。

その黄金がまだまだ光ってみせると、飽くことなく己を磨いてるんだ。

そのストイックな心意気を見せられたら、こっちも気合が入るってもんだな!!

（うおおお、ヤルぞォ！　確実に魔王軍の六星魔将軍を始末し、そうすれば……今度こそ坊ちゃま公認ドスケベライフの開幕なのだからなぁ！　あ～早く坊ちゃまの全身を舐めたい……しゃぶりたい……小生も舐め回され吸われたい……ワンワン交尾ごっことか、浣腸大噴射とか、……うぇへへへへへぇ～♥　そのためにも六星魔将軍なんぞ瞬殺してくれる！　敵の能力も既に分かっているしなぁ！　坊ちゃま、数ヶ月後はお覚悟を！　孕んでも生んでも小生はやめませぬぞォ！　そして、今回の『ナンデモ』の願いが叶うなら――）

（迫りくる六星魔将軍一人倒せばよい……望むところです！　うふふふふ、御主人様……前回は御主人様自ら私に開発を命じたエロアイテム、エログッズ、エロ魔法薬……その全てを更なるバージョンアップでご用意しますからね……ぐふふふふ♥　百発出さなければ萎えない超精力増強剤も、母乳味変化トロピカルフルーツ薬も既に材料は手配済み♥　そして、今回の『ナンデモ』の願いが叶うなら――）

うん、ゾクゾクしてきたぜ！

（幼児化の薬で坊ちゃま（御主人様）を小さくして……メチャクチャに可愛がりたいッッッ！！！！）

ん？　ゾワゾワもしてきた？

「あれ、おはようございます。先輩もひょっとして朝の特訓ですか？」

「あ……よう……まぁ、そんなとこ」

ソードとマギナに負けられないと俺も特訓で外に出ようとしたら、訓練用の木剣を片手に持って外に出ようとするネメスと遭遇。

どうやら、考えることは同じで、ネメスも何だかんだで気合が入ったようだ。

「そのぉ、先輩さえよければぁ、ぼ、僕と一緒にやりませんか？」

おい、「ヤリませんか」って顔を赤らめてくねくね可愛いなこいつ勘違いするだろうが特訓だよな何の特訓ってか落ち着け俺。

ただ、やはりソードとマギナと違い、こいつはちょっと危ないかもしれん。

現時点で前回のこの時期より弱いんだから。

それに、朝の訓練やら気合を入れるのはいいんだが、俺と鉢合わせした瞬間にクネクネモジモジ雌猫の甘えた空気を醸し出しやがった。

「い、いや……俺の特訓は秘密の特訓だから……」

「ええ～～……ぶぅ、先輩のケチンボ！」

頬を膨らませて可愛いなこいつ、もう完全に女として生きるつもりなんだな！

正直、前回こいつとは全然仲良くなかったから細かいところまで知らないが、確かにこいつは仲間とかには甘いところはあったかもしれんが、甘ったれではなく、学園でもかなりストイックに訓練していたのは視界に入っていた。

その時のような闘志が今のこいつには感じられん。

正直、奇跡の黄金世代の筆頭となるこいつには一番強くなってもらわないといけないのに、今は不安しかない。

そして……

「ふわーあ、みんな早いよ～、おはよー」

そんなやりとりをしていたところ、寝起きのトワレが寝間着姿のまま姿を見せた。

「トワレ姫、おはようございます！」

「あ、おはよう……ございます、姫様」

こいつ、お姫様なのに、寝起き姿で現れて……いいのか？

「むむー！　ハビリッ！　敬語！　姫も不要ッ！」

と、すぐに目をパチッと開けてネメスのように頬を膨らませて俺に詰め寄ってきた。

「い、いや、それは二人の時で……」

「二人の時だよ♥」

「いや、ネメスが……」

「ふたり♥　あ、ネメスいたの～？」

と、イジワルな笑みを浮かべるトワレに、ネメスがまたムムッとなる。

いや、前回ベタ惚れだったはずなのに……

「むぅ、姫様イジワルです」

「ごめんごめん～。でもさー、二人の時だけじゃなくて、家の中ならやっぱりいいでしょ？　ハビリ」

「いや、まぁ……あ～、もういいや」

とりあえず、もうメンドクサイから従うことにした。

「はい、じゃあ、ハビリ。おはようのキッスちょーだい♥」

「……え？」

「命令♥」

「いや――」

「……ハビリのお尻の穴を舐めさせられたって、みんなに言っちゃお――ちゅっ♥」

「ちゅっ……こ、これでいいか？」

ニッコリと笑いながらすごいことを言ってくるトワレ。

もし、あのことを陛下、王子、親父、兄貴に知られたら？

殺される。

「だーめ、もっと濃厚なのが欲しいな～♥」

「……っ、ちゅっ、ぶちゅ、ちゅる、ちゅ」

「れろ、ん、ぺろ、ちゅ、ん……舌を絡めるチュー大好き♥　ちゅぶる、ちゅ」

「れろ、ちゅぶ」

俺はもう咄嗟《とっさ》にトワレを抱き寄せてキスをしていた。

「あ、いいな……むぅ……」

それをネメスが羨ましそうにしていたが、ハッキリ言って気にしてられん。

俺はとりあえずトワレが満足するまでキスしてやった。

しかし、トワレはそれだけでなく、俺の股間を弄って……

「かちんこち×こさんもおはよう♥」

「……お、おい、朝から……」

「夫婦だからいいのぉ～♥　ハビリも、私のお尻やオッパイ、いいんだよ？」

「い、いや……」

「……ん～……触れば触るほど、とんでもない大きさ……これが私のお尻に入ったのかぁ……アソコにもちゃんと入るかなぁ？」

「と、とにかく今は……」

朝っぱらからなんだよ……いや、前のループでは毎朝ソードかマギナにフェラさせて起こさせてから、二人に寝起き即ハメ膣内射精までが朝の日課だったけども……

＊　＊　＊

「おはようございます、坊ちゃま」

「おはようございます、御主人様」

毎朝ちゃんと二人そろって俺を起こしてくれるソードとマギナ。

二人並び、そして俺が指示した通りスカートを捲って、今日穿いているパンツを晒しながらの挨拶だ。

ソードの白い紐パンと、マギナの黒いレースのパンツは両方とも朝から俺のチ×コも起こしてくれる。

（今日は小生が相手だろうな。きっと死ぬほど汚らわしいことをしてくださる、じゃなくて、されてしまうのだろうな♥）

（昨晩のロリプレイには大変満足された様子。まだまだ私を幼児化させたプレイを開発したそうでしたから、きっとまた私を選ばれるのでしょう。やれやれ、恐怖でオマ×コとケツマ×コがヒクヒクしてしまっています♥）

　さて、どっちの相手をしようか？　いつもは感覚で決めるが、たまにどっちにしようか決められないときもある。だから、数秒悩んで決められないときの答えはいつも決まっている。

「今日は二人同時に相手してくれよ」

「「え」」

　予想外だったのか、それとも不服だったのか、無表情だった二人の眉が一瞬ピクリと動いた。

だがすぐに咳払いして頷いてベッドの上に上がってくる。

そう、どっちかに決められなければ、両方犯せばいいだけのことだ。

それにしても、二人ともセックスには慣れただろうが、３Ｐだけは未だに嫌そうだな。

（ちっ、今日は３Ｐか。正直、オマ×コしてくださる回数が減って嫌……じゃなくて、いいのだ！　だが、小生と違ってマギナはもう既に坊ちゃまに陥落した様子。無理もない。坊ちゃまのテクとチ×ポはとてつもない破壊力だ。もう、ただの女になってドスケベライフさえあればいい

という願望が生まれるのも当然と言えよう
（３Ｐですか。気が進みませんね。オマ×コしていただける回数が減ってしまう……い、いえ、それは構わないのです。ですが、ソードはもはや完全にご主人様のオチ×ポ様に屈服したようで、ただの雌豚に成り下がっています。無理もありません。何も考えないメスブタ肉便器ライフを過ごしたいという気持ちが芽生えるのは当然のこと）

姫と戦士。

どちらも極上の女――それを同時に美味しくいただく。

「ソード、マギナ、オッパイくれ。母乳」

二人は股をモジモジさせて唇を噛みしめ、俺のチ×コをモノ欲しそうにしながらも、黙って常備している母乳促進剤を衣服のポケットから取り出して服用し、二人並んで俺にオッパイを、乳首を突き出した。

巨乳と美乳。

その先端の乳首から白い液体がトロリと零れる。

「ふへへへへ、おお～、こうして並べると二人のオッパイはそれぞれ形も大きさも違えけど、最高だっつーことに変わりねえ」

「あう、はァん、んく♥」

「ッ、ぐっ、くっん♥」

合計四つのオッパイを順に両手を使って揉んでいく。母乳が出る状態になると、オッパイも少し感触に張りが出て、乳首もぷっくりとしているように見える。

それをちょっとだけ力を入れて握ると、ピュッと母乳が飛び出る。飛び出た母乳が俺にかかると同時に、ソードとマギナのオッパイ周りにも白い母乳が垂れている。その姿があまりにもエロくてたまらない。

「へへ、いただきま～す。まずはソードから、あむ、むにゅ、ちゅぶにゅぷ」

「はぁん、くっ、ぼ、坊ちゃま、かふっ」

ソードの乳首を吸った。ピュピュッと口内に母乳が飛び出て、甘いミルクでいっぱいになる。

以前、マギナに母乳促進剤を作らせて初めて母乳を飲んだ時、血の味がしたというかあまり美味しくなかったので、俺はマギナに改良させ、濃厚な甘味溢れる「練母乳味」という、母乳の味変をできるようにした。

その効果は絶大で、俺はソードの母乳をごくごく一気に飲み続ける。

「はぁん、ぐっ、坊ちゃまぁ、はぅ、嗚呼、そのように一気に、あん♥　飲まれてしまっている、小生の母乳が坊ちゃまには美味すぎるからァ、ん♥　坊ちゃま夢中でちゅうちゅうちゅぱちゅぱがとまらぬぅ♥」

ソードもまた悶えてクネクネしてやがる。俺に乳首を吸われた回数なんてもう数え切れないはずなのに、最近では以前よりもクネクネするようになっている。

（くっ、まだ吸う、なんという吸引、吸いながら勢いよくベロベロ乳首を必死に舐められて、くぅ、やはり坊ちゃまはこういうところは幼い……セックスし終わった後も乳首吸いながらお休みになられるし、まったく……小生の乳首がよほど好きなのだな、坊ちゃまは。仕方あるまい、マギナの分も小生がこのまま吸われよう。仕方ない仕方ない。ついでにそのままチ×ポでオマ×コされようぞ♥）

どんどん身体の感度が良くなっているのか、それとも母乳を吸われることに苦しんでいるのか、分からねえが。

「ッ、御主人様！　そろそろ私の母乳をぉ！　おっぱいぴゅっぴゅぶひぃ♥　乳首バキューム吸いで一気ですブヒィ♥」

「じゃ、マギナのもいただきまーす、あむ、ちゅうる、じゅぶるる」

「あぁん♥　ご主人様に授乳～♥」

もちろん美味。ソードの母乳からの味変ってことで、舌先でマギナの乳首を捏ね繰り回しながら吸った。

（嗚呼、ご主人様が吸っています。ちゅうちゅうって、ちゅぱちゅぱって、エッチな吸い方をされて、私のオッパイに夢中です……やはり、ソードのような筋肉質で固い乳房ではなく、女としての柔らかさこそ、甘えんぼエッチなご主人様の好み。仕方ありません、御主人様好みのオッパイと母乳である私が、今日はやはり請け負いましょう。嗚呼、そろそろベロチューがくることで

しょう。ご主人様は私とのベロチューも大好きでしょうから、仕方ありません）

至福だ。極上の二人の女の母乳を飲み比べなんて、こんな最高なこと他に誰ができるんだ。

そして、俺は二人同時に頂く。

「二種の母乳をブレンドしていただくぜ」

俺は左右のソードとマギナを抱き寄せ、ソードの左胸とマギナの右胸、それぞれの乳首がくっつくぐらいに近づけ、その二つの乳首を同時に吸った。

「あぁん♥　坊ちゃまぁ♥」

「ブヒィ♥　ご主人様ぁ♥」

二人の乳首同時吸い。二つの僅《わず》かに味の違う母乳が同時に俺の口の中に流れ込んでくる。

それぞれ大きさも違うし、胸の張りも、乳首の大きさも弾力も違う。

唯一同じなのは、両方とも激ウマだということだ。

「うぉ、うまっ、バカうめぇ、じゅぶる、じゅぞぞぞ」

「んぉ、お、おおお、んおぉ♥」

「はぅん♥　あ、あああぁ、ぶひん♥」

コリコリ、そしてグニュグニュと乳首の感触と甘い母乳を堪能《たんのう》。全部を飲み干せないから口からこぼれた母乳が俺のチ×コに♥

そして、ソードとマギナも母乳吸われまくって感じまくったようだ。ベッドのシーツに二人のマン汁が零れて、お漏らししたかのようにデカいシミができてやがる。

「よし、そろそろぶち込むぜ、二人とも」

「あん、え、え？」

「んっ、あ、え？」

「スケベに尻を振った方に挿入する。二人とも、互いを庇《かば》いたいなら目一杯スケベにケツをフリフリしなぁ！」

誇り高く高潔な血統の二人。そして互いを庇い合う優しさも持ち合わせている。そんな二人に与えたミッション、どうするか？

「し、尻を、す、スケベに振ると……しょ、小生が……」

「ぶひいい、ぶひ、ぶひぶひ♥　ご主人様、ソードに酷いことをするのはおやめください！　私がやります、ぶひぶひぶひ！」

すると、ソードが僅かに躊躇った隙に、マギナが動いた。

「はうわ、しまっ、ぐっ、マギナ、やめろぉ！　見るに堪えぬ！　くっ、坊ちゃま、どうか、どうかマギナにはひどいことは！　小生が受けます！　こうでありましょう？　ぷりぷりぷり！」

数秒遅れでハッとしたようにソードも動く。

極上の美女二人がベッドの上で四つん這いになって尻を上下左右に振りまくる。

そのあまりにもエロくて下品で哀れな姿に、俺はもう我慢できなくなった。

「よし、マギナからだぁ！」

「おぉん♥　きたぁ、ぶひぃ、お、ぉ、勃起チ×ポぉ♥　ご主人様のぉ♥」

「あ、ああ、ずる、じゃなくて、ぐっ、坊ちゃま、小生のマ×コにィ！　ぷりぷりぷり！」

バックでガンガン突きまくる。これまでセックスしまくってきたからマ×コも俺のチ×コ専用になっているので、挿入したら一気に根元まで入って子宮を突く。

「くおぉ～、いいなぁ、マギナのマ×コぉ、もう出そう」

「はい、果てていただいて構いません！　穢れるのは私だけで十分なのです！　ご主人様のチ×ポ産特濃孕ませザーメン汁をポルチオ受けする女は私だけで、おほい♥　おひィ♥」

「そ、そんなぁ、坊ちゃまぁ、ぷりぷりぷりぷり！」

だが一度挿入したらチ×コを覆う膣道が激しくうねって締め付けてくる。相変わらず油断したら秒殺されるようなマ×コだ。

だが、ここで出すのは勿体ない。さっきからずっと休まず尻を振り続けて瞳に涙まで溜めているソードにも俺はぶち込んだ。

「ったく、出そうだけどぉ～、ソードのマ×コもいただきます！」

「おひょぉ♥　あ、坊ちゃまのぉ、激ヤバチ×ポぉ♥」

「あ、そんなぁ、ご主人様、まだ果てられていないというのに！」

「オラオラオラオラ」

「キタぁ、坊ちゃまのオラオラピストンがぁ♥　孕ませに来る♥　マ×コが賛美しています♥　もうバカになったマ×コがぁ♥」

「なりません！　ご主人様！　これ以上はソードが壊れます！　私が苦しみを受けます！　このマ×コ穴をハメハメどぴゅどぴゅズブリンコの刑に処してくださいブヒィ♥」

「お～っと、それなら～、次はまたマギナで、よっと！」

「ぶひぃ♥　マ×コイクマ×コイクマ×コイクマ×コィ、おっふ、ぐ……あれ？」

「とみせて、すぐにまたソードただいま～！」

「あう、また帰って、き、ぉおおん♥」

ソードを10回ぐらい突いて、またマギナに。そしてまたソードに。

交互に違うマ×コの感触を確かめられる。

これもまた、一緒にセックスするからこそ分かる快感だ。

(坊ちゃまのチ×ポすごい！　3Pだろうとワイルドに突きまくり、も、もうイクぅ♥)

(くぅ、すごい、ご主人様ったらいつも以上に興奮……私ももうすぐイキそうですぅ♥)

腰がブルッときた。腰が抜けそうなほどの刺激。せっかくだし体位も変える。

「おら、ソードは仰向けになれ！　マギナはそのままソードの上に覆いかぶされ！」

「あん、え、おぉん？」

「ぶひ？　ひん？」

尻を二つ並べてバックで突いていた体勢から、ソードを仰向けに、マギナをソードの上に。そうすれば、こんどはマ×コが上下に並ぶ。

「これぞ極上マ×コバーガーだぜ！　いただきます、オラオラオラ！」

「はぁぁん♥　おほぉ、正常位チ×ポぉぉ♥」

「次はマギナ、オラオラオラ！」

「はうぅ♥　ぶほ、ぶひ、寝バックチ×ポぉ♥」

気持ちいい！

「ほれ、もう一回ソード！　オラオラオラ！」

「ふが♥　おひ♥　ポルチオ徹底破壊とはなんたるぅ♥」

「ふひひひ、次はマギナ……ってのは嘘で、またソード！」

「おごぉお♥　おほぉ♥　フェイントチ×ポぉ♥」

「あっ……休憩……ンぽぉぉ♥　しまっ、油断した直後で油断大敵チ×ポぉ♥♥♥」

たまらん。どっちのマ×コも一生俺のモノ！

（くぅ、くそぉ！　認めたくない！　認めたら終わる！　小生は戦士！　だが、だが……坊ちゃまのチ×ポが強ィ、気持ちいい♥　負けるしかないィ♥）

（ダメです！　堕ちます！　戻れなくなります！　認めてはダメなのに……ご主人様のチ×ポが好きィ、気持ちいい♥　堕ちるしかありません♥）

もう、我慢の限界。そして、こんな最高なセックス、一回や二回で終わるわけがねえ。

「出るぞぉ！」

「だ、出してください、坊ちゃまぁ♥　坊ちゃまの孕めオラピストンで小生の屈服雑魚マ×コにトドメの烙印をぉ♥」

「ご主人様、このまま果ててください！　孕ませ種付けザーメンは、どうかソードにではなく私にィ♥　豚調教チ×ポ鞭でペチペチオマ×コをぉ♥」

震えるほどの射精を解き放つ。

「キタぁぁぁあああ～～♥」

「ぶひィィィィんん～～♥」

一度でも二度でも三度でも休むことなく二人の女に射精しまくる。

「くぉ～、最高だ！　最高だぜ、ソード、マギナぁ！　生涯俺のチ×ポに屈服しろぉ！」

マ×コに、尻穴に、口の中に、出し続ける。

そして、これは今日だけの話じゃない。

「はひ、坊ちゃまぁ……♥」

「ぶひ、ご主人様ぁ……♥」

これからいつでもどこでも毎日、いつまでも俺たちは――

＊＊＊

「ちぇ～、ハビリったら、つれないの～。まぁ、私も初めてはお尻の時と違ってもうちょっとムードが欲しいから、我慢するかな～。で、二人は朝の特訓？　ソードとマギナも朝から頑張ってるみたいだし、みんなえらいね～」

「まぁな……トワレもどうだ？」

「え～、私はいいよー。それより～、デートしようよぉ、ハビリ♥」

「……はぁ？」

何言ってんだよ、このお姫様は。

こいつも黄金世代の一人として活躍するってのに、能天気だな。

「そんなんでいいのかよ。トワレも勇者を目指すんだろ？　だったら、少しは鍛錬――」

「え？　……勇者ぁ？　私が？　なんで？」

「……え？　何でって……」

アレ？　だって、そうだよな？

トワレは前回、魔王軍に殺されはするも、それまでの間は魔法学園ではネメス達と一緒に奇跡の黄金世代と呼ばれて、魔法学園で色々活躍してたはず……

「あっ！！！！」

「ふぁ?! な、なに、急に大きな声出して～」

「先輩？」

い、今、俺、とんでもないことに気づいたというか……

「トワレッ！」

「ふぁ、ふぁい！ な、なに？」

「お前……魔法学園に編入するつもりとかないか？」

「はぁ？ 急に何でよー、入らないよー！」

「い、いや、だっ、だって……」

「そりゃーさー、私がハビリと同じ学年だったら、同じクラスに入ってイチャイチャ～とかも面白そうだけど、私はハビリの一個下だから同じ学年になれないし、それなら入っても仕方ないでしょ？」

「ッ!?」

前回、トワレは魔法学園に編入し、権力使って無理やりネメスと同じクラスになった。

ネメスに一目惚れしたから。

ネメスとの接点を作ったり、アプローチするために魔法学園に無理やり入ったんだ。

そしてそこで才能を開花させて、ネメスと一緒に黄金世代として名を馳せた。いやいや待て待て、そうなるとこの場合……

「勇者になるとか魔法学園に入るとかするぐらいなら、私はハビリが学校に行ってる間に、マギナと一緒に花嫁修業でもしているよ♪」

「ッ!?」

今回のトワレはネメスに惚れてない。俺の婚約者になった。そしてその俺とは別に学園に行かなくても既に同棲状態だし、無理に魔法学園に入る理由もない。

つまり……

「こ、これは……」

「むぅ、どうしたの？　ハビリ」

「先輩？」

これは……奇跡の黄金世代の一人が、ハナから欠けてしまったということにならないか?!

まずい、それは非常にまずいぞ！

前回トワレは魔王軍の六星魔将軍に殺されたとはいえ、それでもそれまではトワレが居るからこそ学園全体の特別イベントやらが開催されたりってのがあって、そのイベントでもネメスは強くなりながら活躍して……アレ？　……ヤバいッ！

「お、俺は、俺はトワレと同じ学園ライフを過ごしてみたいんだが、それでもダメかッ?!」

「うぇっ?!　きゅ、急にどうしたの、ハビリ……」

「学年は違っても、ほら、家の中だけじゃお互いのことを完全に分からないかもしれないし的な、ほら、お互いのことをよく知る上でとか……」

「え、う～ん……魔法学園かぁ……」

「そ、そうだ、なんだったら飛び級で俺の学年に編入でもよくねーか?!」

トワレが魔法学園に入らないと、黄金世代が形にならない。

だから、形だけでも何とかトワレを学園に入学させないと……

「ん～、でもダメ。私は私で仕事もあるし……それに、無理やり編入してしかも飛び級とか、私はそういう権力乱用は嫌いなのぉ」

は？　こいつどの口が……でも……

「あ、ひょっとして私の魔法学園の制服姿を見たかった？　んふふふ～、じゃぁ～あ……今度制服着るだけならしてあげよっか？　そのままエッチなこともいいよぉ？」

ヤベエ……英雄一人減ったんだが……


「じゃあ、先輩も授業頑張ってください」

「おー」

新入生の入学試験も終わり、本格的に学園の新学期が始まった。今日はその新学年最初の登校日……なんだが、周囲の視線がウザイ。

俺と使い魔ポジのソードと、ルンルン気分のネメスが一緒に登校だからだ。

そもそもソードには思春期の男や女たちが思わず振り返ってしまうような大人な魅力とセクシーさがあって注目を集めてしまうのに、先日の俺のことや、ネメスが試験で目立ったこともあり、俺たちが一緒に並んで登校する光景は、他生徒たちから大注目を浴びていた。

ネメスは特に気にしないようで、それどころかこれからの学校生活をワクワクウキウキした様子で自分の教室に向かっていく。

そして、ネメスが離れたからと言って、俺への注目が減るわけでもない。

さらに……

「さて、坊ちゃま。邪魔がいなくなりました。移動は小生が四つん這いの雌馬になりますので、容赦なく跨《また》がって尻を叩いて頂きたい」

「しねーよ、そんなのぉ！」

「しかし、小生の位置づけは使い魔！　在校生の中には、自分の使い魔に跨って登校する者も――」

「そういうのは、グリフォンとかそういう騎獣の類だろ！　お前は――」

「何を仰《おっしゃ》います、小生は獣！　抱くもよし、跨るもよしな淫獣であります！」

「しないって言ってるだろうがぁ！」

「はう、怒られたらお仕置きお仕置き♥」

「しないっ！」

と、さらりと周囲に人が居ようとお構いなしに変な発言をぶち込んでくるソードも問題だ。

（ふふん、坊ちゃま……小生は六星魔将軍襲来前のドスケベライフも諦めませんよ？　こうして声を大にすることで、周囲も坊ちゃまと小生の関係性を理解されるでしょう。小生が坊ちゃまの所有物の雌玩具であり、用途は何でもござれで、スケベなこともうしまくるぐらいの仲であると思わせねば。もうこれ以上、余計な虫がよらぬように……）

とにかく、家でも学校でも気が抜けないということで、何だか本当に疲れる……。

「あっ、おはようございます、ハビリ様！」

「ハビリ様！」

「あっ……ハビリくんだ……ねぇ？」

「うん。あ～……おはよう、ハビリくん」

そして、俺の予想を超えて変化はまだあった。

「……え？」

「ぬ？　こ、これは……」

教室に入った瞬間、何だかクラスの連中が次々に俺に声をかけてきた。

いつもゴマすりのように寄ってきていた奴ら以外も……特に女子とか、俺に目を付けられるのを恐れて自分から寄ってこなかったはず。

なんで？

（ど、どういうことだ、前回の学校生活……坊ちゃまはドスケベ変態クソ野郎として認識され、クラスの女子共も犯されるのを恐れて、遠まきに見ているだけだったのに……。まぁ、坊ちゃまが学園内でスケベしたくなったら小生が空き教室や用具室や屋上やトイレで全部受け止めていたのだが……一体これは!?）

とにかく珍しい状況だ。ほんとどういうことだ？

「な、何だよお前ら急に……」

すると、俺の言葉に連中は互いに見合ったりして、ゴニョゴニョしている。

何なんだ？

「え、えっと、ほら……ク、クラスメートだし……挨拶は普通じゃない？」

と、クラスの女子の一人が代表して俺にアタフタしながらそう言ってきた。

「いや、俺が普通じゃないんだし……ほら、俺って……七光りのバカ息子のクソ野郎じゃん？入学したときとか、『グワハハハハ～、俺はえらいんだー』みたいな……やべ、はず、あ～もう、忘れてくれぇ！」

「「「「……………」」」」

「とにかくさ、俺最低だったじゃん。何で話しかけてくるんだ?!」

入学直後の頃からの俺の態度を知っていれば、いきなり声をかけてくるのはおかしい。

俺は今となっては自分でも恥ずかしいぐらいのイキがってた小物ぶりの時を思い出して頭を抱

えてしまう。

だが、とにかくそれぐらいのことをした俺に、何を思って声をかけてくるんだこいつらは。

「ぷっ、ぷくくくく」

「は、はは……あはははは！」

「おっかしー！　自分で言っちゃうんだぁ〜」

「ねぇ、これさ……だめ、笑っちゃう！」

と、急にクラス全員が腹抱えて俺に笑い出した。

なんで？

「なんかさー、っていうか自分で七光りのバカ息子って言っちゃうんだね〜」

「だよな、俺らは……まぁ、うん……ほんとな？」

「なんか私たちの方こそ、ハビリくんをすごい誤解してたかも……ごめんね」

誤解？　何を誤解？

「この間のさ、新入生のネメスちゃんの件、私たちも見ていたの……それで、何だか私たちはハビリくんのことをスゴイ勘違いしてたって思って……」

「ハビリくんは本物の勇者を目指していた……だから、僕たちに対してもワザとああいう態度を取ってたんだろ？」

「うん。権力とか恐怖に怯えて縮こまって何もできない人たちは勇者に相応《ふさわ》しくない……そういうことでしょ？」

「本物のハビリくんは……勇者を目指し、その胸にスゴイ熱い想いを秘めている熱血くんだったんでしょ？」

そんなわけがないでしょ？

「だから私たちは……その、そんな才能とかあるわけじゃないけどさ……でも、できる限りのことはしようって思ったの……この間のハビリくんとネメスちゃんを見て」

「そういうことです、ハビリ様！　僕たちはハビリ様についていきますよぉ！」

「うん、だから私たちも頑張るって、そういうことで、よろしくね！」

「あははは、何をよろしくか分からないけどな～」

これは、何だか意外な展開になってしまった。

まさか前回とこんな所まで変わってしまうのか？

こいつら、何を勘違い……

「そ、そそそ、そんなこと言ったって、お、お前ら、なんか、俺のこと勘違いしてるしィ、お、俺、悪い奴だしイイ！」

いかん、顔が熱い。何か変に緊張して呂律も回らん。

するとそんな俺にクラス中がまた笑った。

「あはははは、照れてる～！」

「うわ、なんか本当にハビリくんの印象変わっちゃった！」

「ははは、なんか、友達に……僕たちなれないかな？」

「ハビリさん！」

「ハビリ様！」

俺との距離を全員が一気に詰めて来て、持て囃《はや》してくる。

これまで、俺の親父や兄貴の権力目当てにすり寄ろうとしていた奴らもいたけど、全然様子が違う。

「ちが、お、お前ら、み、見てみろよ、ほら、俺は学校に奴隷の女を連れてくるドスケベな最低野郎だぞ！　じょ、女子とか、え、エロいこと俺にされちゃうぞ?!」

「ッ?!　坊ちゃまぁ、自分でドスケベと言われるのでしたら、そろそろ本当に小生に手を出してくだされぇ！　一体いつまで小生は膜を保持していれば良いのでしょうかァ!?」

「ふぁぁあ?!　お、おま、何言い出すんだソードぉ!?」

何とか勘違いを解かねばと思ってソードのことを話したりするも……

「えっ!?　うそ……私たちてっきり……既にハビリくんは奴隷お姉さんとそういうことしてるのかと思ったけど……」

「ハビリ君……あんな綺麗な奴隷に手だししてないんだ……え？　ハビリ君って、紳士？」

「ぼ、僕がハビリくんなら初日に手だししてた……」

「ふふ、ひょっとしてハビリくんって……まだ童貞だったり？　やだ……なんかすごい可愛く見えてきた♥」

「それに、実際家柄も最高だし……あれ？　ハビリくんって超優良物件だよね？」

「ね～、いいよねぇ～」

何か余計に勘違いのドツボに嵌《は》められたというか……

（ッ!?　何だと!?　前回からノーマークだったクラスの小便娘たちがここに来て坊ちゃまに淫猥な想いを抱き始めた!?　何ということだ!?　トワレ姫同様の尻軽共が……奴らまで坊ちゃまに言い寄れば、学園酒池肉林……ぐぅ、坊ちゃまは小生のだというのに!?　学園まで危険ではないかッ！）

俺の学園生活もまたどうなっちまうんだ？


「というわけで、クラス委員長は多数の推薦により、ハビリくんになります」

「ふぁっ!?」

「「「「わぁあああああ！！！」」」」

担任の言葉と共に教室の椅子からズリ落ちる俺。

だが、そんな俺を無視して教室は拍手喝采。何で？

「がんばって、ハビリくん！」

「私たちのクラスを……何だったら私たちの学年を引っ張ってください！」

「僕たちも協力するからね！」

新学年になって、最初のホームルームでクラス委員を決めるというこれまでの人生で俺にとっては無縁のイベント。

そもそも俺は学園に関するイベントも役職も、当然クラスのことも、これまで一度も関わったことなんてなかった。

そんな俺がいきなりクラス委員長？

「なお、クラス委員長は早速今日の放課後に、全学年の全クラスの委員長と顔合わせの会議があるので、ハビリくんは出席するように」

あれぇ？　俺が女を犯さず、ちょっとネメスに喧嘩売らなかっただけでこんなことになるなんて……もう、未来が全然分からねえ！

あとがき

本書を手に取って頂きありがとうございます。そして、素敵なキャラクター及び魅惑の乳尻太ももを書いてくださった三色網戸。先生、また本書の制作に携わった全ての方々に御礼申し上げます。

ＷＥＢでの投稿から始めた本作ですが、本書では大幅な加筆でより一層にハビリとソードとマギナが濃密濃厚になりましたので、是非にＷＥＢと見比べながら楽しんでいただけたらと思います。そして、物語がまだまだ続いていることを知って頂きたいと思います。

まだ出てないこのキャラクターのデザインが見たい！　このヒロインのオッパ……プロポーションが見たい！　このキャラとのエｒ……ラブシーンが見たい！　今、日本で私が一番そう思っていますが、読んでいただいた方にも同じ気持ちになって頂けたら、これ以上のことはありません。

続巻でまた会えることを願い、今後ともよろしくお願い致します。

二〇二四年六月　アニッキーブラッザー

天使をイカせてアイテムゲット!!
絶頂《イキ》ガチャでダンジョン攻略!
コミック版
Webコミックガンマぷらすにて
好評連載中!
作画／桐野いつき
原作／ほーち　キャラクター原案／一ノ瀬ランド

女性が差別される価値観逆転世界で
むちむち♥美人さんたちとイチャラブハーレム！

左遷《させん》先は女性都市！
第1弾～第4弾
好評発売中！

●本作は小説投稿サイト「ノクターンノベルズ」（https://noc.syosetu.com）に掲載中の『ループした悪役かませ炎使いが真面目に生きたら女勇者パーティー全員が痴女になってしまい世界はピンチ！？』を修正・加筆し、改題したものです。

Variant Novels

ループした悪役かませ炎使いが真面目に生きたら女勇者パーティー全員が痴女になってしまい世界はピンチ⁉

2024年7月26日初版第一刷発行

著者………………　アニッキーブラッザー
イラスト………………………　三色網戸。
装丁……………………5gas Design Studio

発行所………………………………株式会社竹書房
〒102-0075　東京都千代田区三番町8－1
三番町東急ビル6F
email:info@takeshobo.co.jp
竹書房ホームページ　https://www.takeshobo.co.jp
印刷所………………………………共同印刷株式会社